呼呼—
劈啪
爸、姨：
我去看媽、
昨天買了乳酪醬
在冰箱
秋冬
鈴鈴—

余秋冬 16歲
那次車禍的後遺症，
好久沒做這個夢了。
到現在還困擾著我，
九巷到了。
要分開了好難過……
我一點都不難過！
從那天開始——
我要去淡水！
我要去國父紀念館！
我會想你的！
吵死了！我要上學了啦！
我看得見鬼。

1 看得見的命運

崇德公墓
媽早安，妳最愛的柚子茶。
今天是高中入學典禮，來跟妳說一聲。
你媽又不在這裡，說給誰聽呢？
不在啦！
媽媽不在這裡我也知道。
那場車禍後我看得見鬼，卻從來沒見過媽媽的鬼魂……
話說回來——

還不到掃墓的日子，怎麼這麼乾淨？
來了新的公墓管理員。
舊的管理員很懶，都不幫我們打掃。
該去學校了。
李晶晶 16歲
嗚哇啊啊啊！要遲到了啦！
討厭啦！怎麼會睡過頭！

！
呀啊啊啊～
痛痛痛……
同校的制服！
太幸運了，拜託帶我走！
我知道我從墓堆跑出來很奇怪。
我不是怪人
這是從我家出來最快的路。
霹靂啪啦說不停
分明就是怪人，趕快走吧。

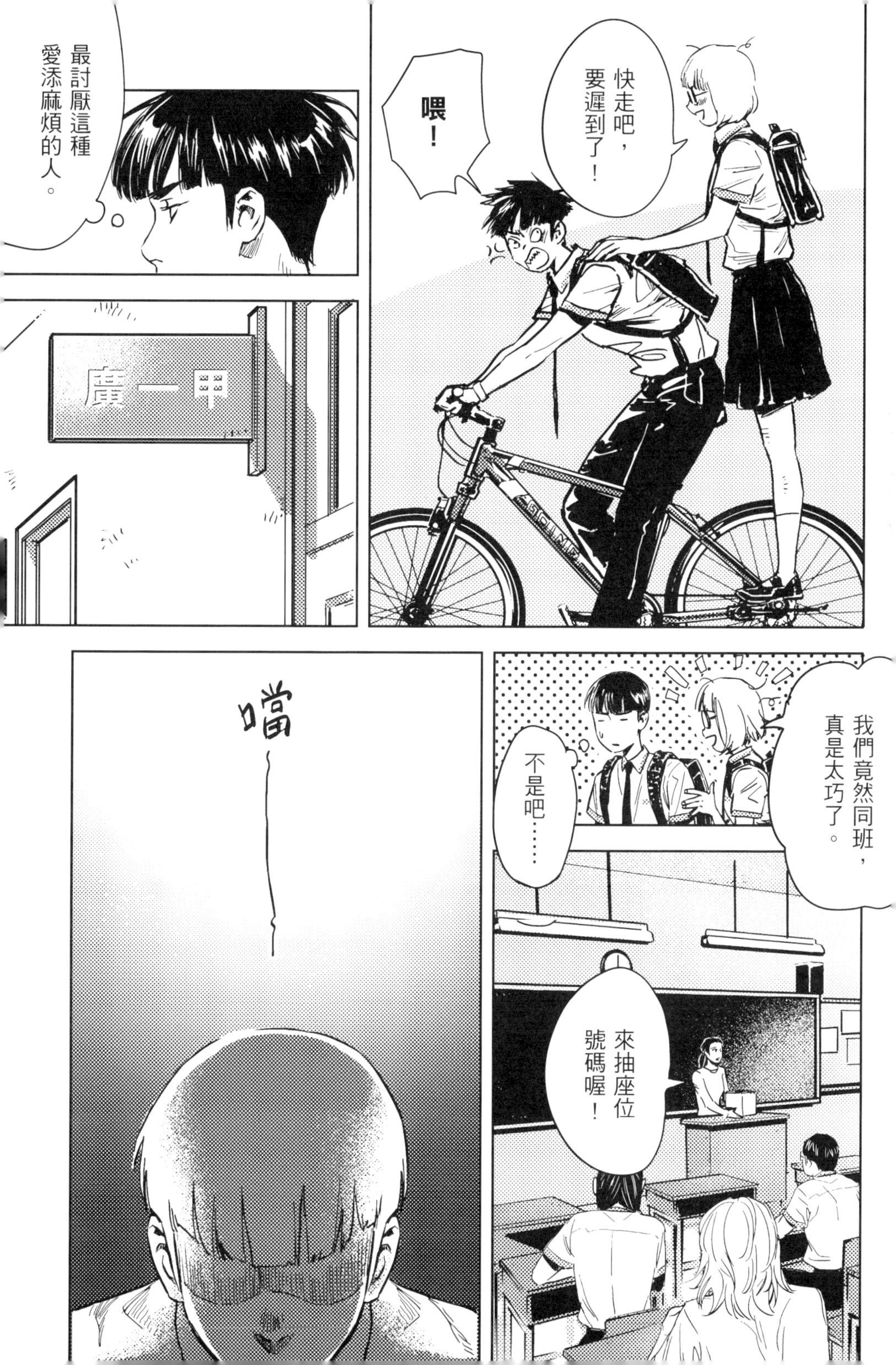
快走吧，要遲到了！
喂！
最討厭這種愛添麻煩的人。
廣一甲
我們竟然同班，真是太巧了。
不是吧……
來抽座位號碼喔！
噹——

天啊！我們真不是普通的有緣耶！
這代表著什麼嗎？
代表著我很衰，怪胎。
第一天就遇到好人，太幸運了。
不過……
他身邊跟了好多鬼，該不該告訴他呢？

她剛剛在看我們嗎？
應該是在看這位小哥吧。
被這麼多鬼跟著，肯定很不舒服。
肩痛背痛的
到底要不要告訴他呢？
……

那個，
可以不要一直盯著我看嗎？
嚇!!
對不起!!
又犯蠢了，才決定上高中要擺脫怪胎形象的。
現在抽籤選出服務班級的幹部。
唸到名字的，站起來自我介紹。

班長：童春音。
大家好，我過去也擔任過幹部，對班級事務很熟悉。
好漂亮喔！
嘈雜
嘈雜
皮膚好白喔！
副班長：柯瑞甫。
啊，我當過小老師，喜歡蒐集玩具。
總務：張佳樺。
請大家準時交班費。
體育：潘紫蓮。
大家好，打排球可以找我喔。

風紀：謝明泰。
咦，我當風紀好嗎？
學藝：李晶晶。
!!
天啊！我沒當過幹部欸！
我是學藝，嘿嘿嘿。
李同學，跟大家自我介紹喔。
我叫李晶晶，家人都叫我小晶，喜歡卡通歌和貓咪！
住在公墓後山腳下，拿手料理是蛋包飯！
最喜歡的樂團是五月天和蘇打綠！夢想是當家庭主婦！
還有，我想想喔。
沒關係這樣就可以了。

噗
哈哈哈
哈哈哈
哈哈哈
哈哈哈
哈哈哈
搞笑了
哈哈哈，好怪的人喔！
請多多指教……
真是有夠蠢的欸，離她越遠越好。
服務股長：余秋冬。
還有啊！

我叫余秋冬，很高興能為大家服務。
好可愛！
長得不錯，可惜太矮了！
很壞欸！
我都聽到了，八婆。
噹噹～～
嘈雜
吵雜
嘈雜

那個……
騷動
知道了，帶你們去吧。
喂！
秋冬同學！
太好了，你也走側門。
順路的話一起。
加速！

小時候，剛看到「他們」時很害怕。
他們就像人，但總覺得不太一樣。
後來我意識到，他們是「死去的人」。
我漸漸不再恐懼，反而開始尋找媽媽的身影。
那時候的我深信——
這個能力是為了讓我和媽媽重逢。
但是幾年過去了，我還是沒見到媽媽。

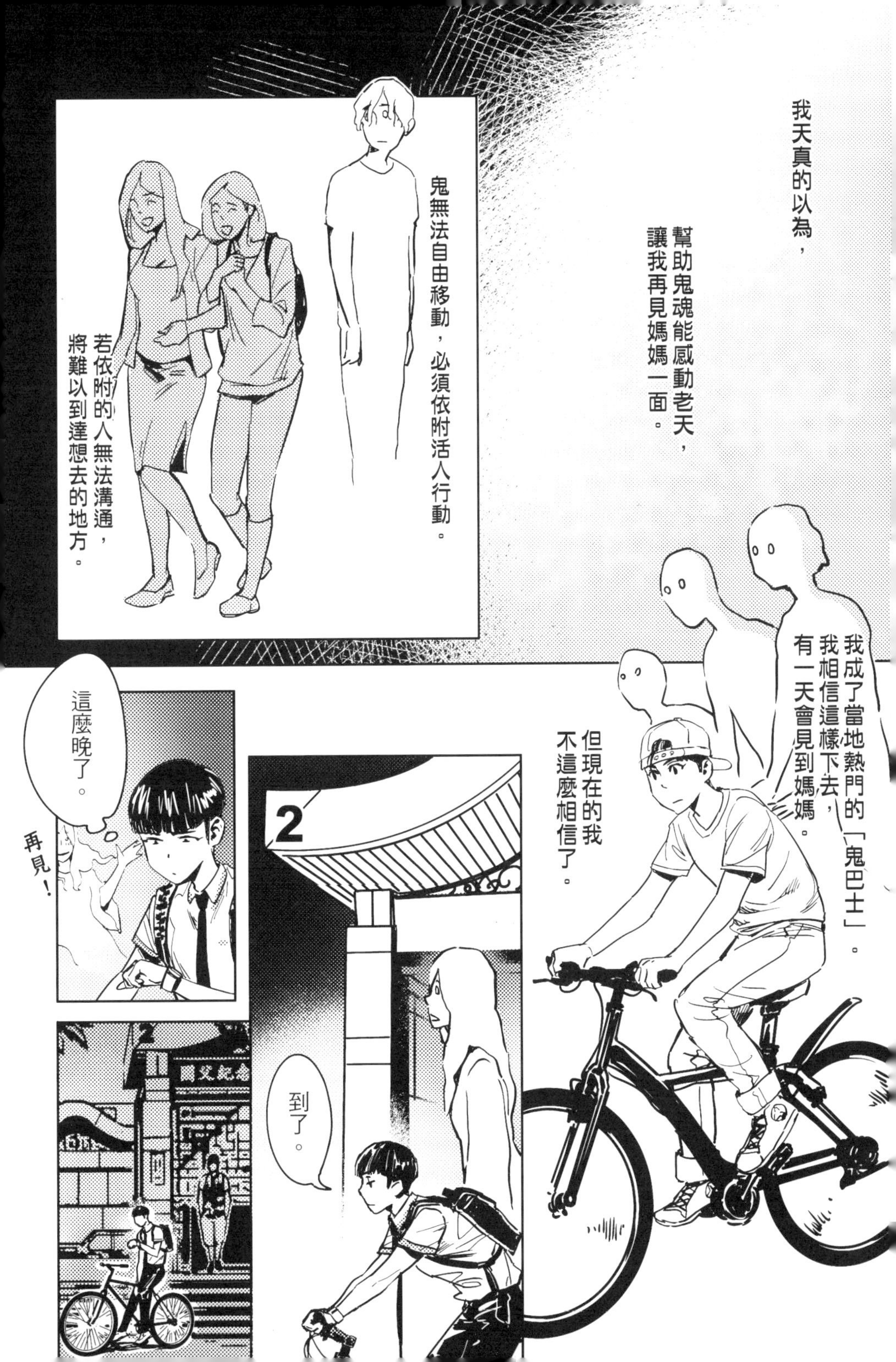
我天真的以為，
幫助鬼魂能感動老天，
讓我再見媽媽一面。
鬼無法自由移動，必須依附活人行動。
若依附的人無法溝通，將難以到達想去的地方。
我成了當地熱門的「鬼巴士」。
我相信這樣下去，
有一天會見到媽媽。
但現在的我不這麼相信了。
2
這麼晚了。
再見！
到了。

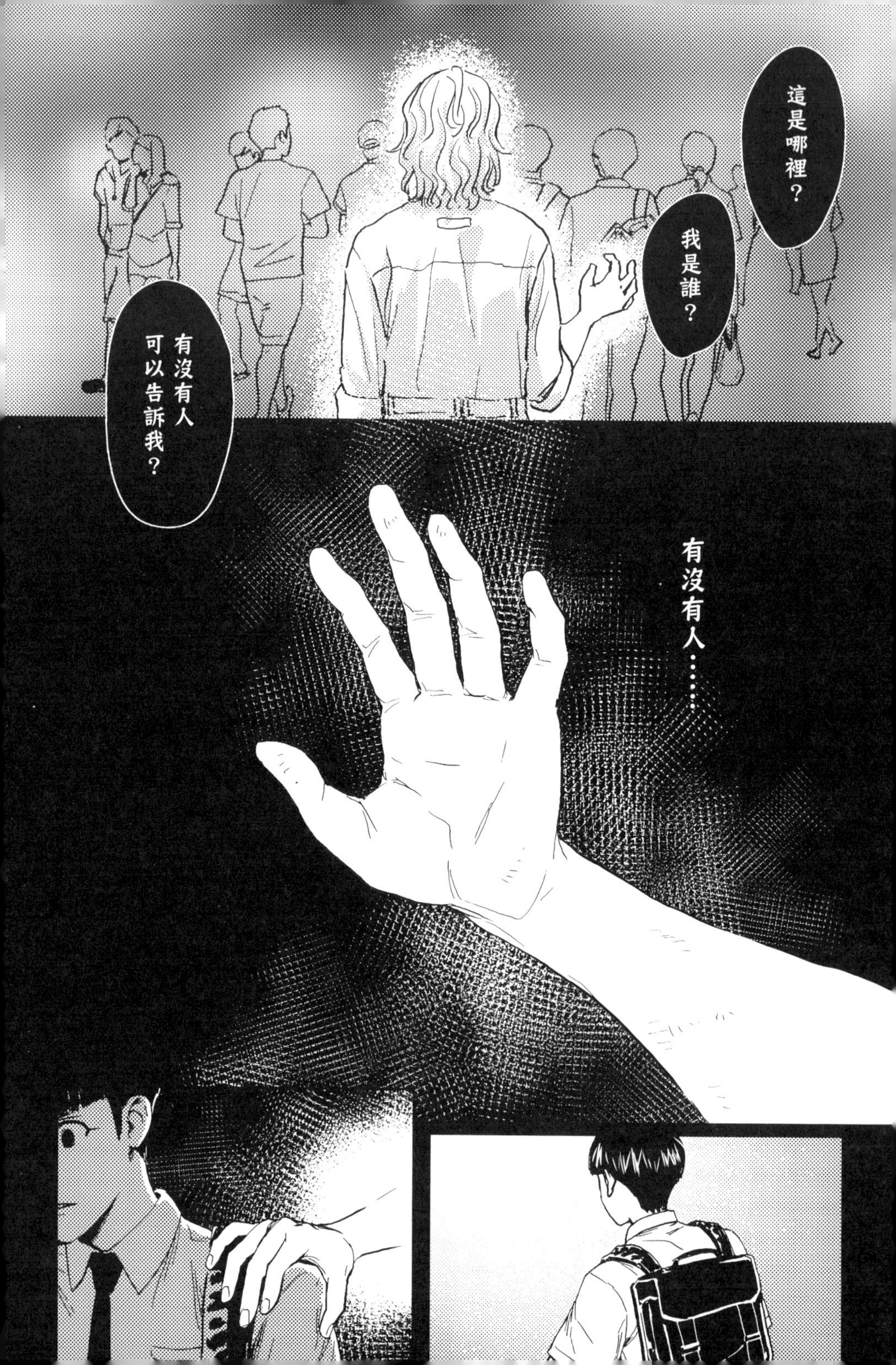
這是哪裡？
我是誰？
有沒有人
可以告訴我？
有沒有人……

肩膀……
痛！
每次被鬼碰到都這樣，
今天可不想帶鬼回家。
千萬不能回頭。
幫幫我好嗎？

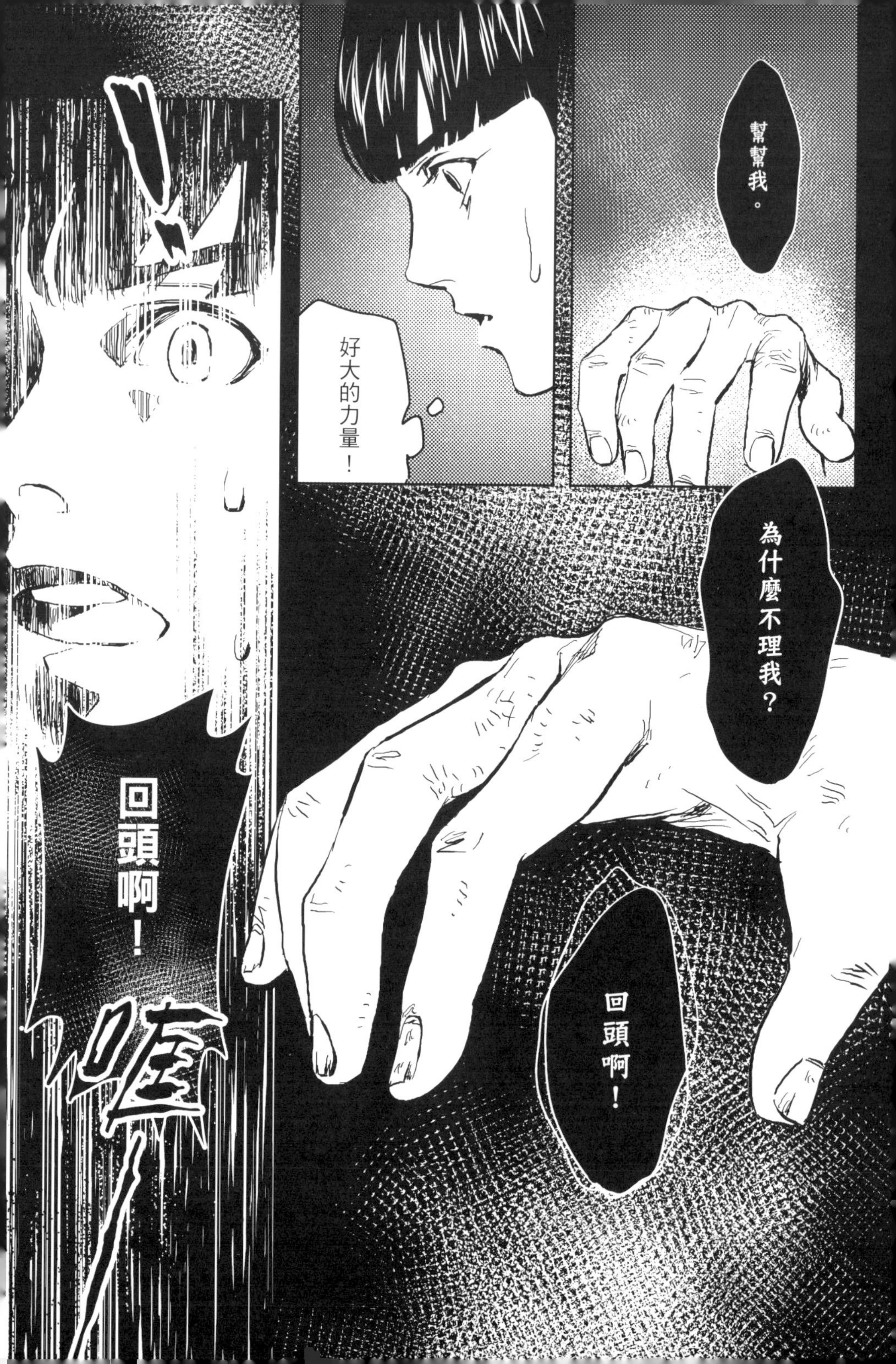
幫幫我。
好大的力量！
為什麼不理我？
回頭啊！
回頭啊！

你……
看得見我？
嗯。

太好了！
大家都不理我，還以為我變成空氣了哩，哈哈！
他該不會不知道自己已經死了吧？
這種很麻煩耶，還要花時間開導他。
隨便唬唬他，讓他自己留在這裡就好了吧。

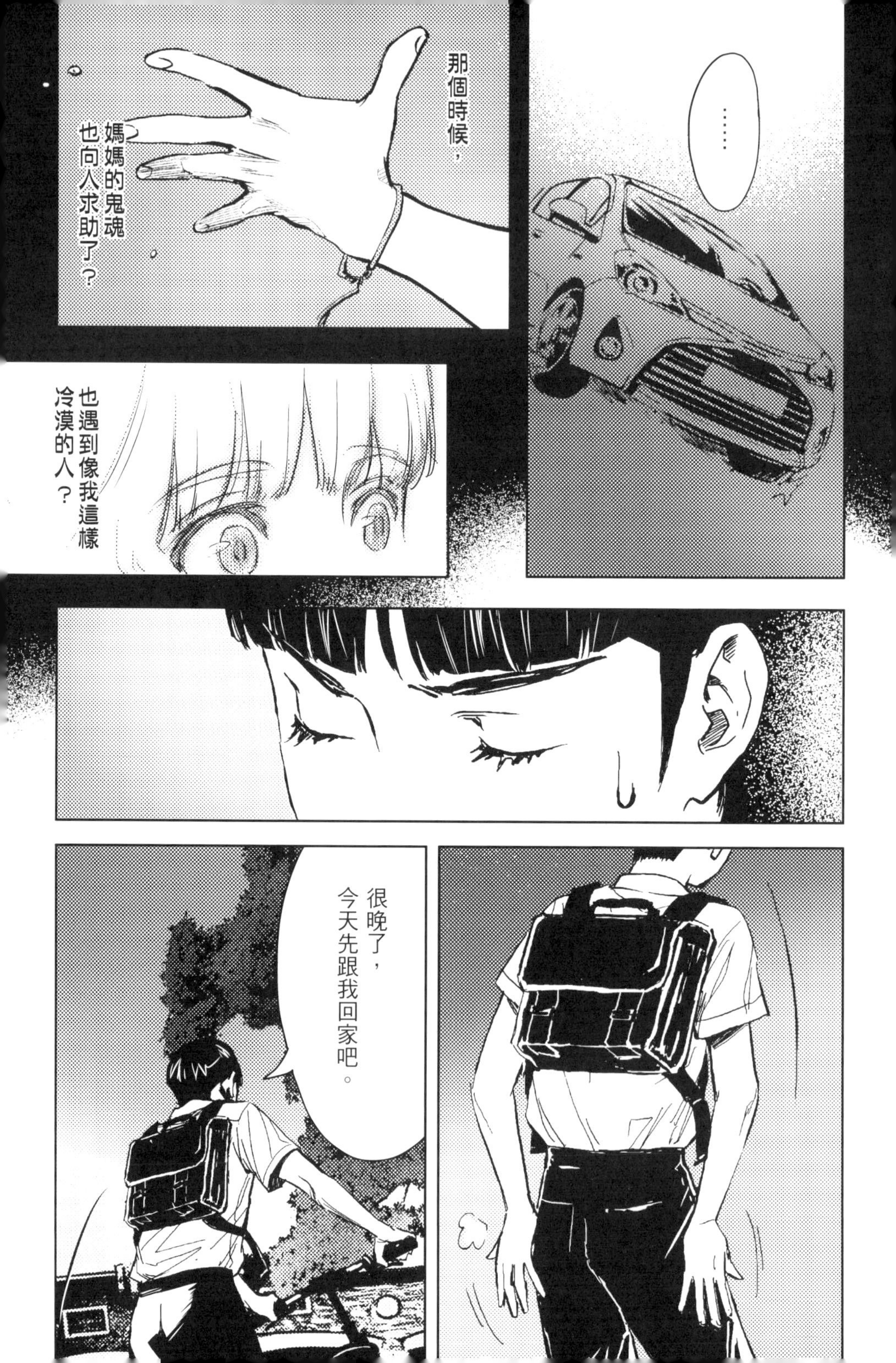
……
那個時候，
媽媽的鬼魂也向人求助了？
也遇到像我這樣冷漠的人？
很晚了，今天先跟我回家吧。

跟你回家幹嘛？
現在懶得解釋，回去再說。
哈哈！我不是流浪漢啦！
你家在哪？
家裡有幾個人？
今天是幾年幾月幾日？
怎麼來到這裡的？
要到哪裡去？

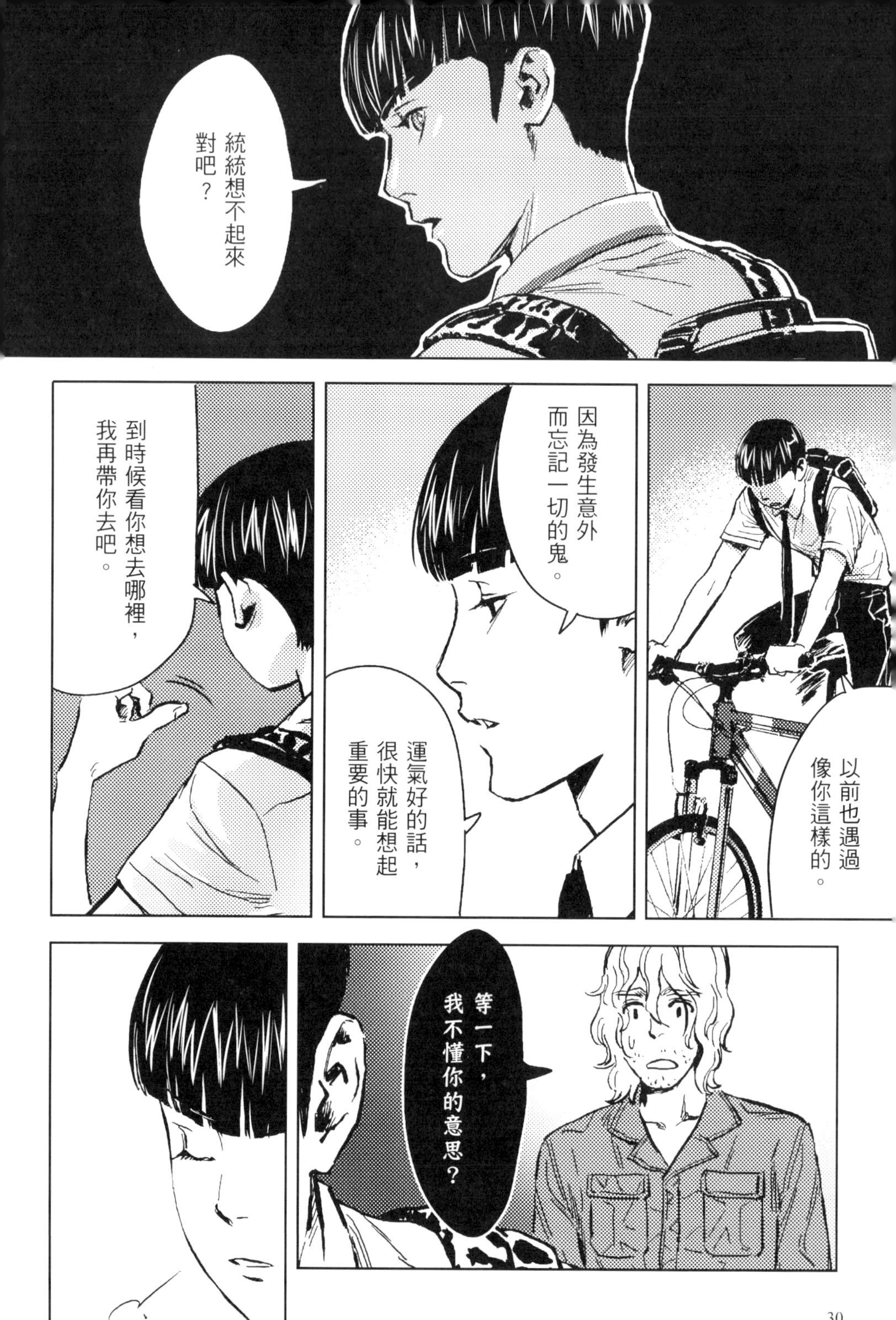

統統想不起來對吧？
以前也遇過像你這樣的。
因為發生意外而忘記一切的鬼。
運氣好的話，很快就能想起重要的事。
到時候看你想去哪裡，我再帶你去吧。
等一下，我不懂你的意思？

我的意思是——
你已經死了！
我已經，
死了？

2 無人鈴鐺聲靠近中

聲音，是靈體最容易溝通的方式。

喲吼！
我死了！
我真的死了啦！
我沒醉我沒醉我沒醉我沒醉——
我真的死了！
我為什麼要撿這東西回來!?
好歹要想起自己的名字吧？
忘得這麼徹底的鬼，我還是第一次遇到，有夠無言的。
什麼都不記得。
發現自己是鬼，
都還沒有感覺到活著，就突然死了，我也很無言啊！

不過還是很感謝你帶我回來，我也不想一直困在那裡。
那就快點想起什麼吧！
鳳……
鳳──
鳳什麼？說清楚啊小姐！
努力回想
18:33
先叫你阿鳳吧。
這段時間有些事要約法三章。

第一，我睡覺的時候不准託夢。
我最討厭被託夢。
託夢!?
我可以託夢？
第二，不准偷聽我的心聲。
心聲？要怎麼聽啊？
「煩死了！」我聽到了，喔喔喔！
「X的！」不能說髒話喔，哈哈哈真有趣！
最後一條，
不要跟我說話。
咦？

一年365天，每天都有鬼跟著。
洗澡、拉屎、看A片，都無法獨處。
這種生活你無法想像吧？
所以我會假裝你不存在。
不對，事實上你真的不存在。
啊啊啊，我幹嘛自言自語啊？
哈哈
秋冬小朋友，你是不是哪裡壞掉了？
講話怎麼這麼討人厭呢？
秋冬！同學找你喔！
有聽見嗎？
秋冬！
來了！
六街咖

秋冬同學打擾了！
媽呀！
哈囉！我也來了！
春音班長!?
特地來找我有什麼事情嗎？
這孩子真的壞掉了。
教室布置競賽開始了，
身為學藝的小晶毫無頭緒。

秋冬同學看起來很可靠，希望可以一起討論。
好啊！
那麼去我家吧！
秋冬同學身邊的鬼看起來好可怕……

看!
為什麼要回頭看我!?
你們只顧自己聊天，後面的同學很孤單欸。
臭小子真的不理我！
……
好羨慕春音班長，長得漂亮，又優雅大方，
還能很自然的跟每個人聊天～。

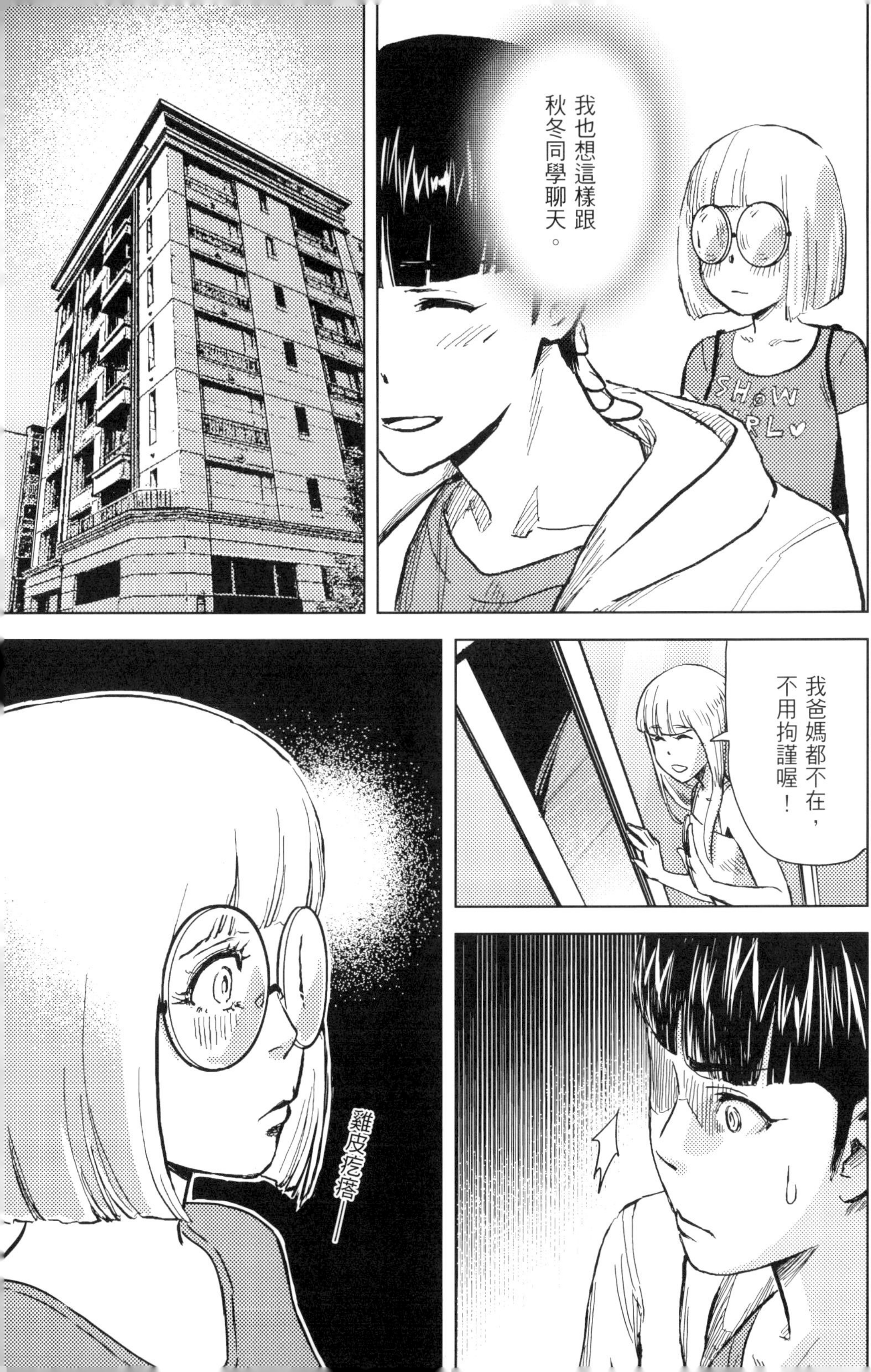
我也想這樣跟秋冬同學聊天。
我爸媽都不在，不用拘謹喔！
雞皮疙瘩——

這裡……
有鬼！
不過沒看到東西。
是我多想了嗎？
大家應該很快就到了，稍等一下吧。
大家？

今天找大家來，是為了教室布置競賽。
說什麼「秋冬同學很可靠」，
原來把大家都找來了啊！
明泰同學呢？
他……
明泰同學看起來很可靠，如果你能來的話……
我跟妳很熟嗎？

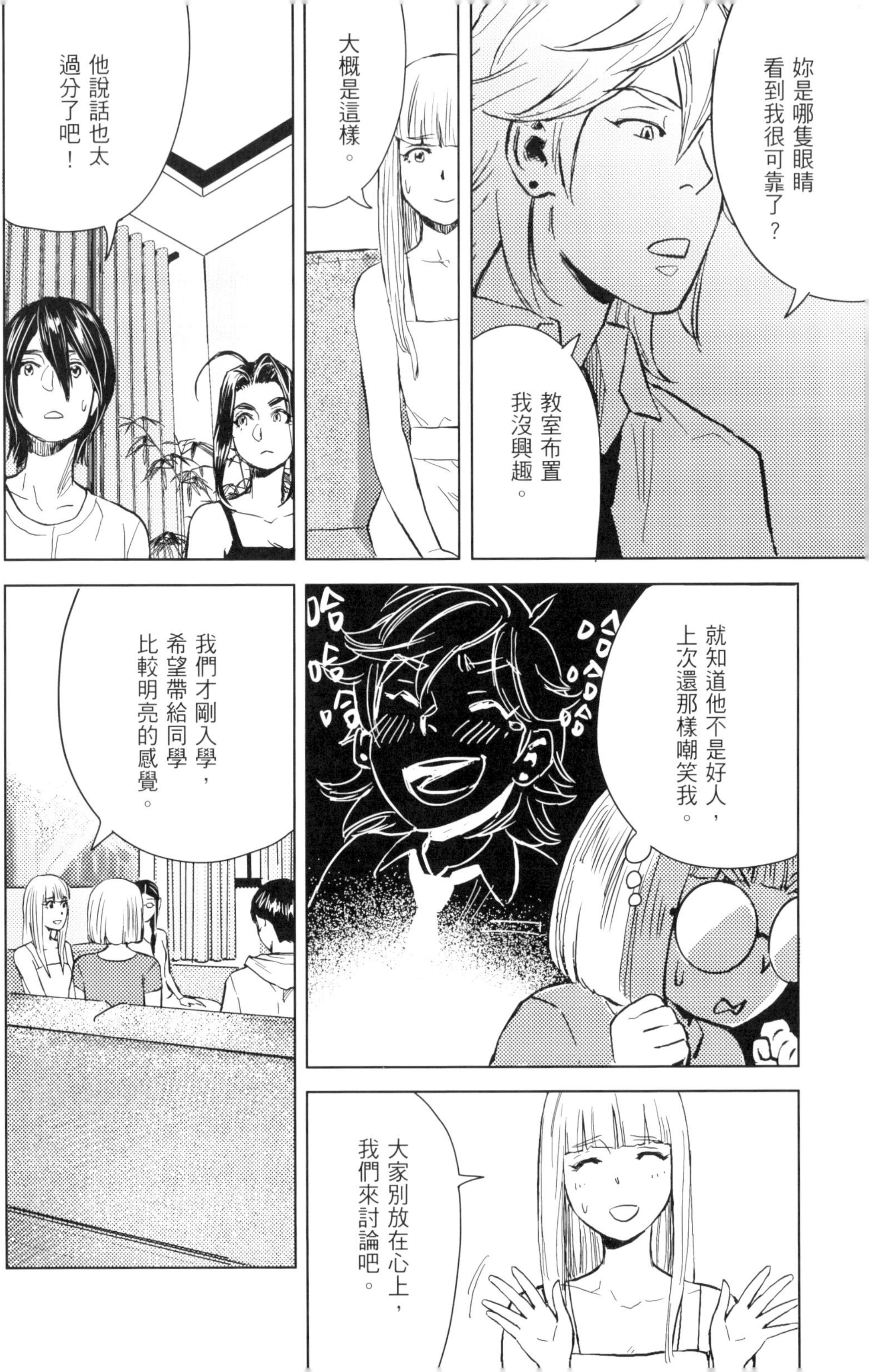

妳是哪隻眼睛看到我很可靠了？
教室布置我沒興趣。
大概是這樣。
他說話也太過分了吧！
就知道他不是好人，上次還那樣嘲笑我。
哈哈哈
哈哈哈哈
我們才剛入學，希望帶給同學比較明亮的感覺。
大家別放在心上，我們來討論吧。

輕快的主題，
應能得到大家的認同。
鈴——鈴——
哪裡來的鈴鐺聲啊？
鈴——鈴——
……？

我也聽到了。
果然有……
「聲音」是靈體最容易的溝通方式。
沒有靈異體質的人，也能聽見「他們」的聲音。
其實我最近常聽到鈴鐺聲，可是找不到來源。
別鬧了，越說越可怕。
聲音常常從廚房傳來。

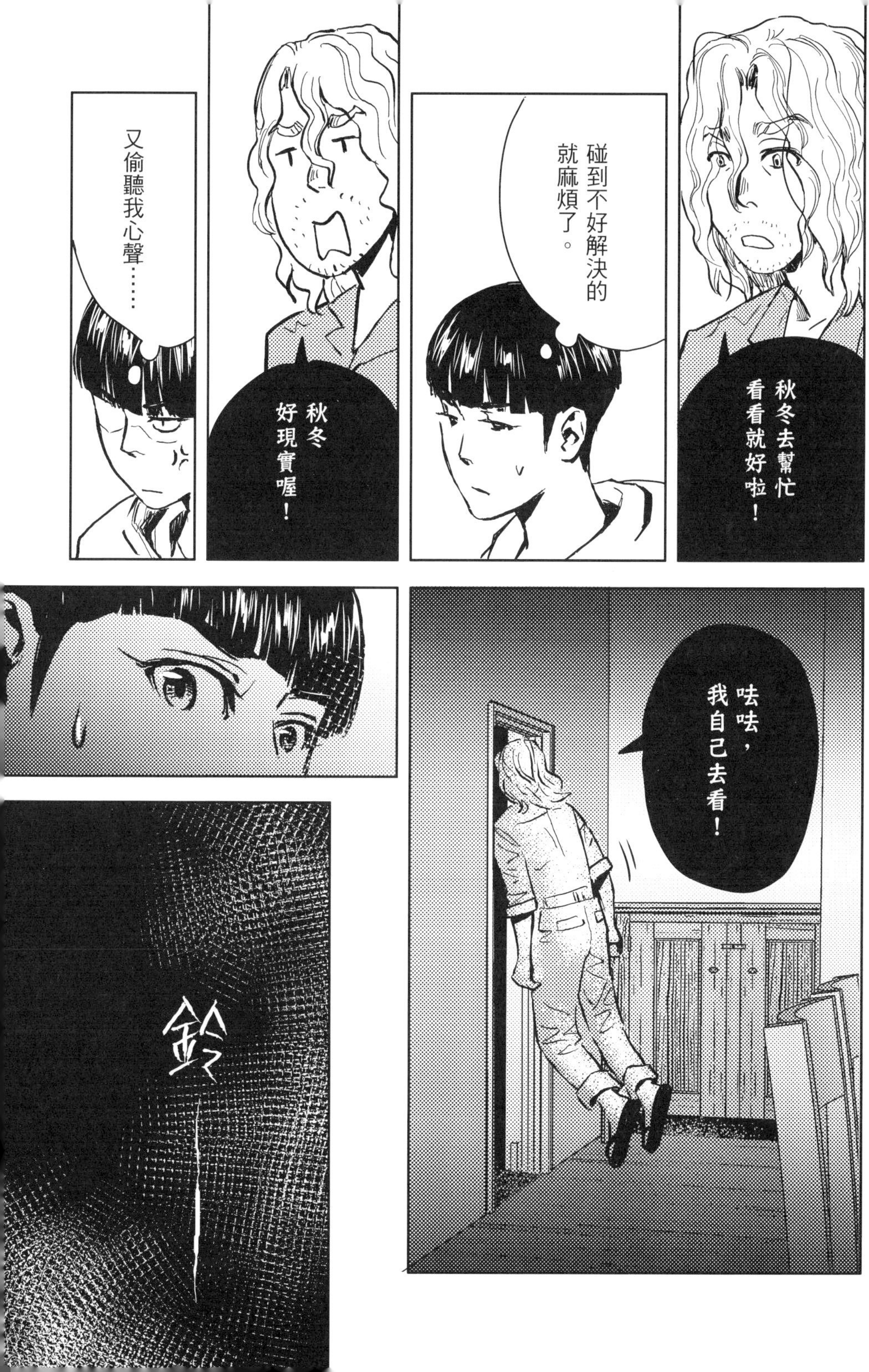
秋冬去幫忙看看就好啦！
碰到不好解決的就麻煩了。
秋冬好現實喔！
又偷聽我心聲……
咕咕，我自己去看！
鈴

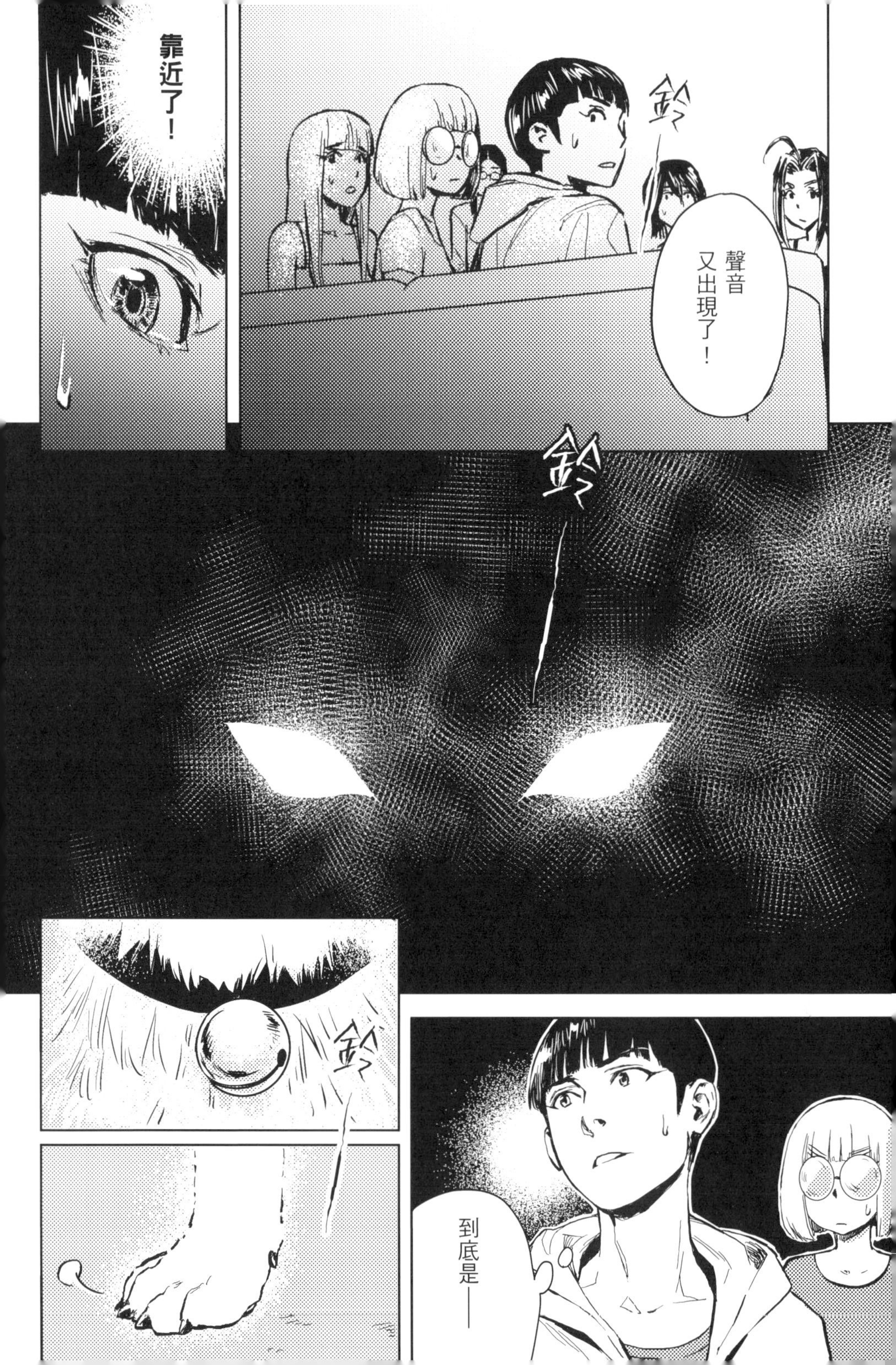
鈴
聲音又出現了！
靠近了！
鈴
鈴
到底是——

嗷—
好可愛！
什麼東西好可愛？
只是一隻……
什麼也沒有！
啪！
秋冬同學的手——

原來秋冬同學跟我是同伴啊！
別鬧了，我們是同類，但不是同伴。
小晶同學妳好！
鳳大叔你好。
不要靠太近
不是同伴沒關係，有共同話題我就很開心了。

牠是班長家養的狗嗎？
不是，我離開前問過了。
妳們家以前有養狗嗎？
沒有，但說到狗……
上週爸爸上班途中，
遇到一隻奄奄一息的狗。爸爸趕著上班，
所以將牠抱到一旁的草叢，就離開了。
所以你跟我一樣，是被撿回去的吧。
還一直待在食物最多的廚房，真可愛。
拉吉
拉吉。

你的主人在哪裡呢？
嗷嗚
我們養牠吧，秋冬！
誰們？
不然狗跟我走，你跟小晶回去。
你不用考慮沒關係！
……
開玩笑的啦。

人家好歹是女生，洗澡的時候被大叔偷看還得了。
呀
我才不會那樣！
秋冬同學是在幻想我的裸體嗎？
絕對沒有！
明明就有……
我家要往墳墓那裡。
我常去那裡，之前沒見過妳。
我爸爸是公墓管理員，才剛搬過來不久。
那妳有沒有見過一位……
算了，
沒事。

那個，我以後可以直接叫你秋冬嗎？
不行！
啊啊啊——好丟臉喔！
噗！
回家吧。
嗷
尋
0944123321
柴犬拉吉

3 拉吉就在你身邊

哈哈哈
六街咖啡
哈哈哈
那個，
可不可以也讓我加入呢？
坐下！拉吉好棒喔！
裝沒聽到
嗚嗚嗚，秋冬超壞的啦！
吵死了。

我當你的保鑣如何？
我幫你擋掉所有想搭便車的鬼。
至少我在的時候，你不用背一堆鬼在身上。
……
條件呢？
跟我說話就行了。
一言為定。
太好了！

那我們出去散散步好嗎？
好啊，順便測試你的功能如何。
拉吉，去散步囉！
ZZZ
嗶—
哐—
太好了！竟然遇到鬼巴士！

找我們秋冬少爺有事嗎？
阿鳳，
別嚇唬他了。
死後無法消失，也無法自由移動的人（鬼）們。
為了達成願望，要經歷多漫長的等待呢？
光想到這些，就無法丟下他們不管。

你要去哪裡？
我想去公墓那裡找朋友。
一起走吧。
還以為這小子真的壞掉了。
是你自己讓他跟的，不能怪我喔！
是。
謝謝秋冬少爺大發慈悲！
……

明泰同學。
余秋冬……
嗷嗚！
汪汪汪!!
拉吉好像認識他欸！
對了，請問一下。

你看過這隻狗嗎？
0944123321
拉吉!?
拉吉是我養的狗，已經失蹤一個月了。
我們從小一起長大，什麼事都形影不離。
那天我進超商時，一如往常地把牠拴在店外。
出來時拉吉就不見了。

這些傳單每天都會被清潔隊員撕掉，
所以我每天一早都要重貼。
難怪他上午幾乎都翹課，但拉吉已經……
拉吉，你到底在哪裡？
嗚咽
擦
擦

我會幫你們打掃乾淨的，
千萬不要靠近我，碰到我就麻煩了，大家要聽話喔！
有小晶真是太好了。
最喜歡小晶了。
小晶啊，幫我買花好嗎？
好久沒人送我花了。
沒問題！
謝謝光臨。
美加美花坊
馬拉桑
心茫茫
喝咿呀喝嗨呀！
喝咿呀喝嗨呀！
明泰同學和秋冬同學？

要不要說呢？
煩躁
煩躁
還是讓他繼續待在無知的希望裡？
我幹嘛要為這種事煩惱啊，又不是我的責任！
秋冬其實有一顆溫暖的心呢。
你幹嘛一直跟著我？
其實，
拉吉牠，
嗚咽
已經死了！

……
所以，你不用再找了。
你怎麼知道拉吉已經……
因為，
拉吉的靈魂就在你身邊。

余秋冬，
看我這麼著急很有趣是嗎？
回答我！
我說的是真的——

呀!!
李晶晶？
呃……
我，我都聽到了。
秋冬同學沒有說謊。
?
碰

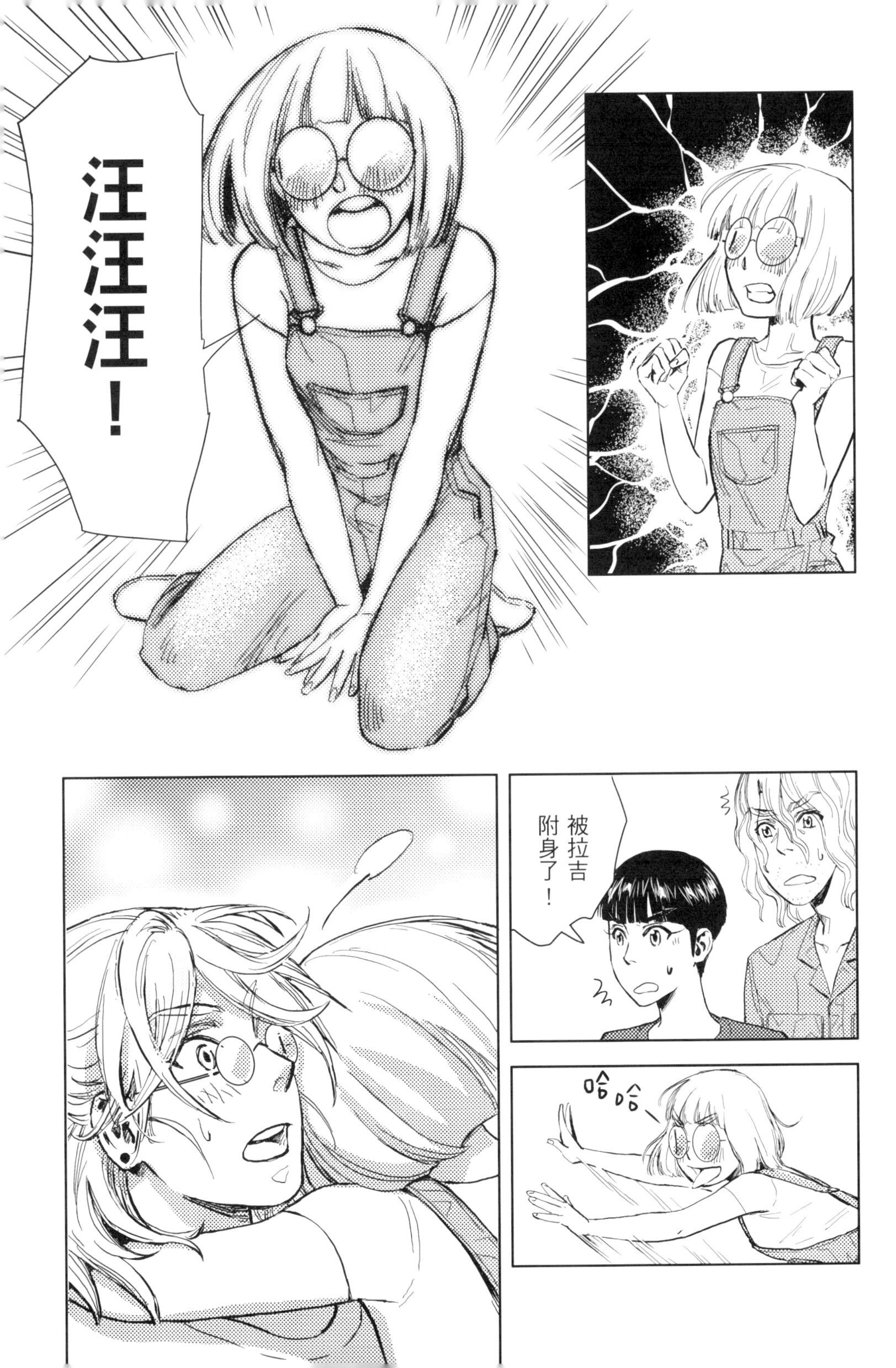
汪汪汪！
被拉吉附身了！
哈哈

舔ー
咬ー
ミッミッー
沙ー

拉吉……
你怎麼會在這裡？

拉吉
我想，能再見到你，
就是拉吉的心願吧。
完成心願後，鬼魂將會消失。
好好跟拉吉道別吧。
牠現在就在你面前。

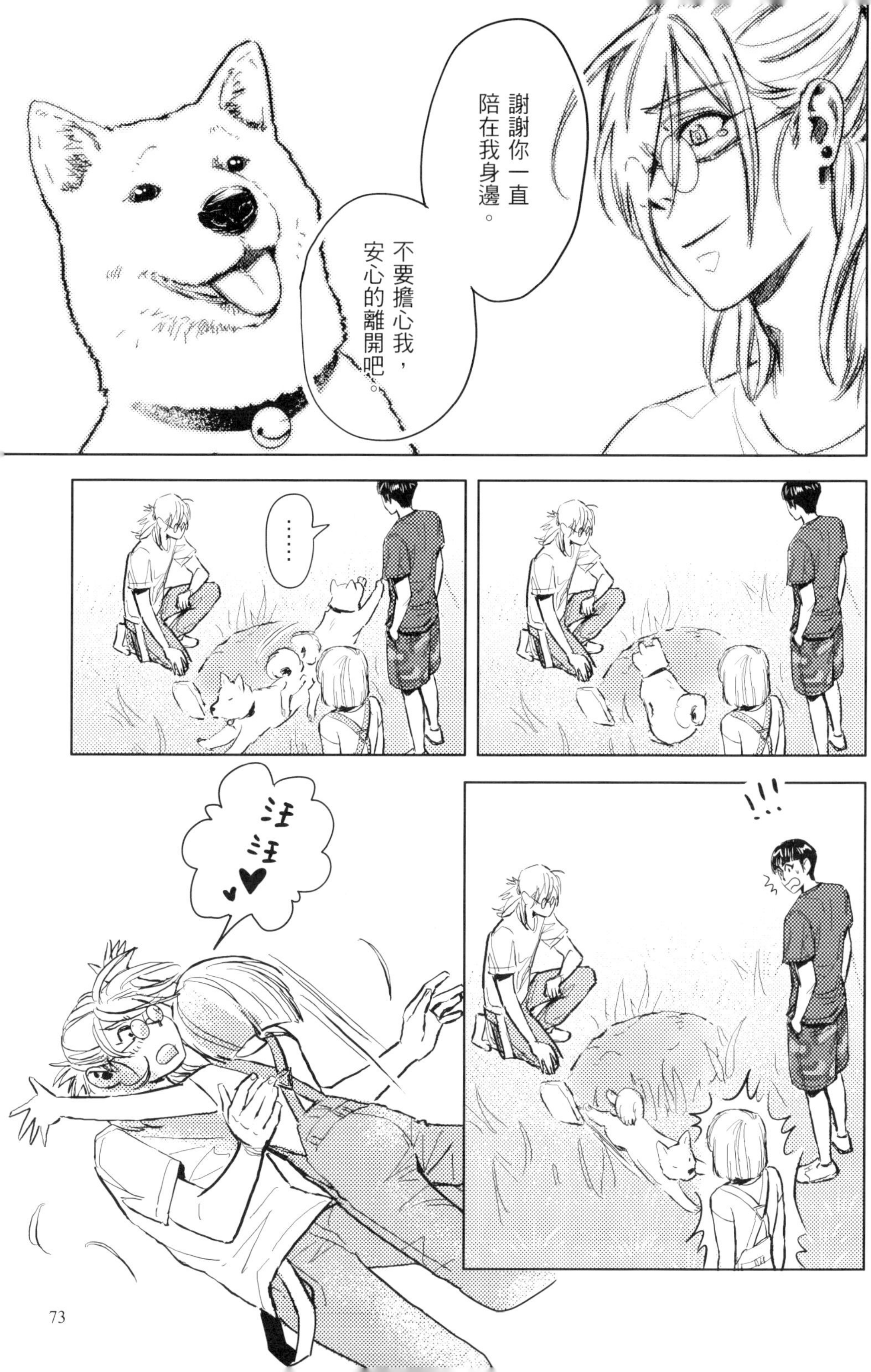
謝謝你一直陪在我身邊。
不要擔心我，安心的離開吧。
……
!!!
汪汪♥

沒消失？難道拉吉還有別的願望？
拉吉，我知道了！別再舔了啦！
真是看不下去了。
真羨慕拉吉……
我有家人嗎？
有人在找我嗎？
我死的時候，家人是不是也這樣傷心？
一點點也好，好希望能想起什麼。

雖然不知道原因，但看來拉吉還會在世上停留一陣子。
余秋冬，拉吉可以麻煩你照顧嗎？
即使就在我身邊，我卻看不見，也感受不到牠。
這樣太孤單了。
在別人家要乖喔！
我會照顧拉吉，也希望你不要把我們有靈異體質的事說出去。
雖然嚇了一跳，但我不會亂說的。

在秋冬同學面前做了這麼可恥的行為。
我不想活了……
妳竟然是最麻煩的「吸靈體質」。
一接觸到鬼魂，就會吸入體內而被附身。
所以妳不是怕鬼，而是怕「接觸」鬼。
哈哈哈對啊，我也不是第一次被犬靈附身了。
妳真的是個怪人欸。
不過這次要謝謝妳，不然我還真不知道要如何跟明泰解釋。

好久沒有
被人家感謝了。
真是
可喜可賀！
把你送走了
再慶賀也不遲。
……
別這樣嘛，
多沉浸在拉吉的
快樂氣氛中！
拉吉？
拉吉？

鳳——
我想起來了!!

4 美術教室的怨靈

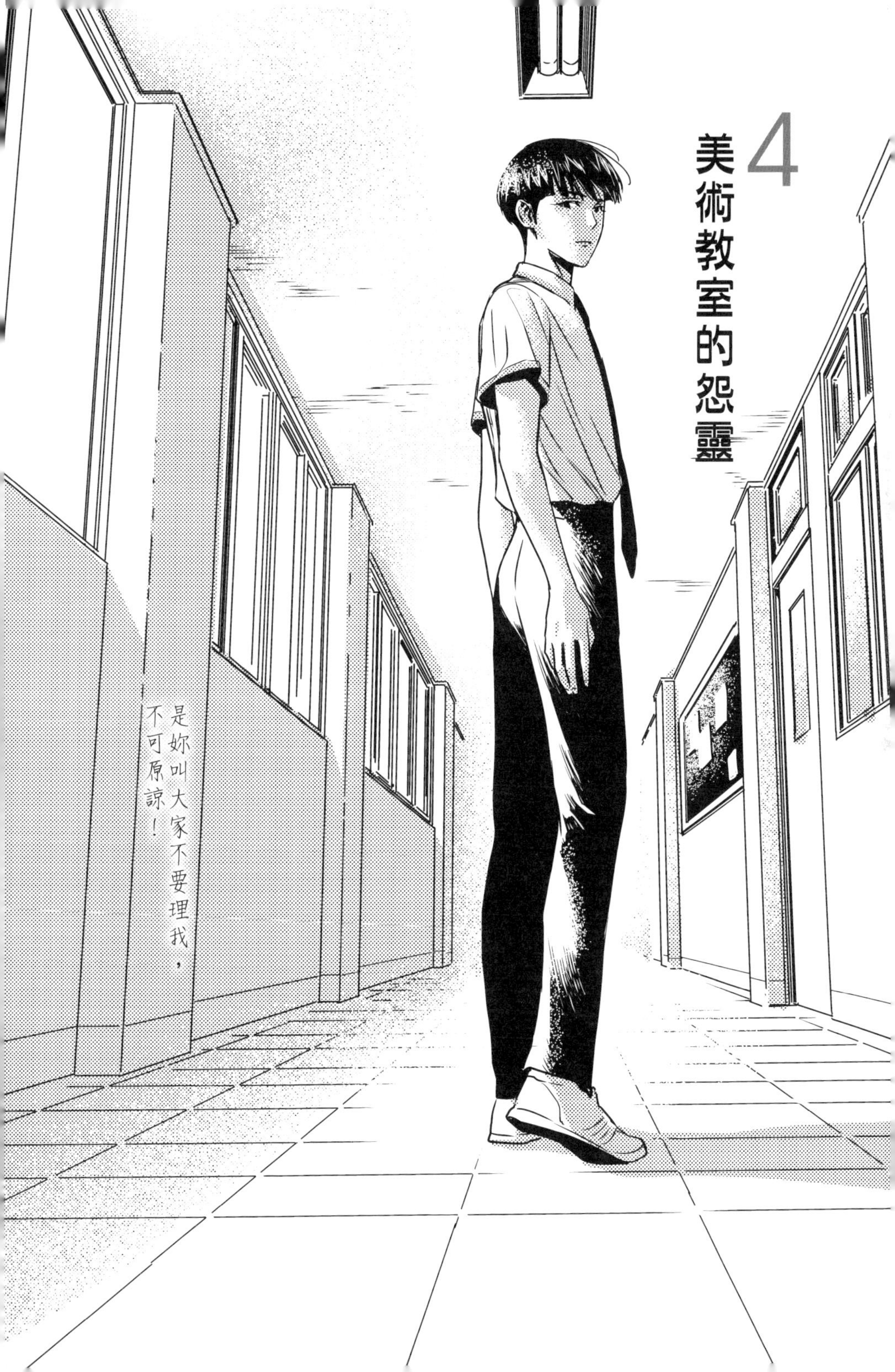

吃晚餐囉！
鳳吉！
鳳吉！
想起來了！我的名字叫鳳吉！
不要在餐桌穿梭。

鳳吉！
鳳吉！
阿鳳！
……
又是幽靈什麼的嗎？
對不起……
看到媽媽的話，麻煩幫我問好。
……

真的是我耶！
這一表人才是怎麼回事？
個人履歷
姓名：　鳳吉
年齡：　27
學歷：　大學
語言能力：中文
證照：　無
我現在也是一表人才吧。
怎麼樣，有想起什麼嗎？
……
五年前更新的……
你如果還活著，已經35歲了。

什麼也沒想到，哈哈哈！
秋冬，
為什麼我聽不到姊姊和爸爸的心聲？
也沒辦法自己下樓？
你真的什麼都不知道欸。
鬼魂只能聽見宿主的心聲。
移動範圍以宿主為中心，半徑5公尺內。
離開宿主後，活動範圍以占據的地點為中心，半徑20公尺內。
去交些鬼朋友就知道了。
鬼也要社交啊？

拉吉！
你可不可以不要黏著我啊！
在學校的宿主是晶晶
嗚哇！抱歉抱歉！
要幫忙嗎？
明泰同學！我自己來就好了！

那個，拉吉還好嗎？
嗷嗚—
嗷嗷♥♥
夠了！
在學校不准叫拉吉！
好啦好啦！
討厭欸！
美術教室

幹嘛一直跟著我？
我想幫忙啊。
不用，我自己來就好了！

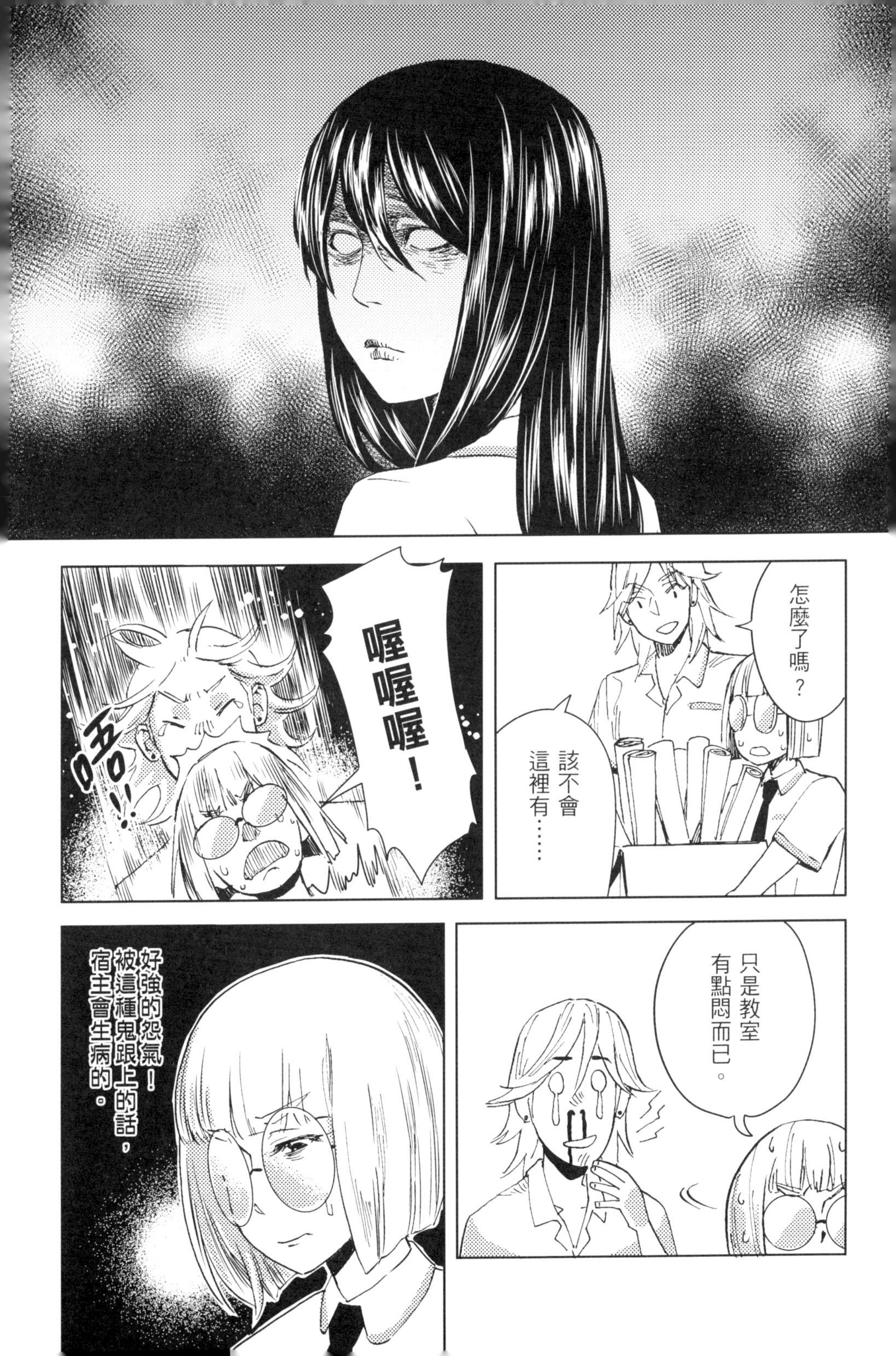
怎麼了嗎？
該不會這裡有……
喔喔喔！
唔!!
只是教室有點悶而已。
好強的怨氣！被這種鬼跟上的話，宿主會生病的。

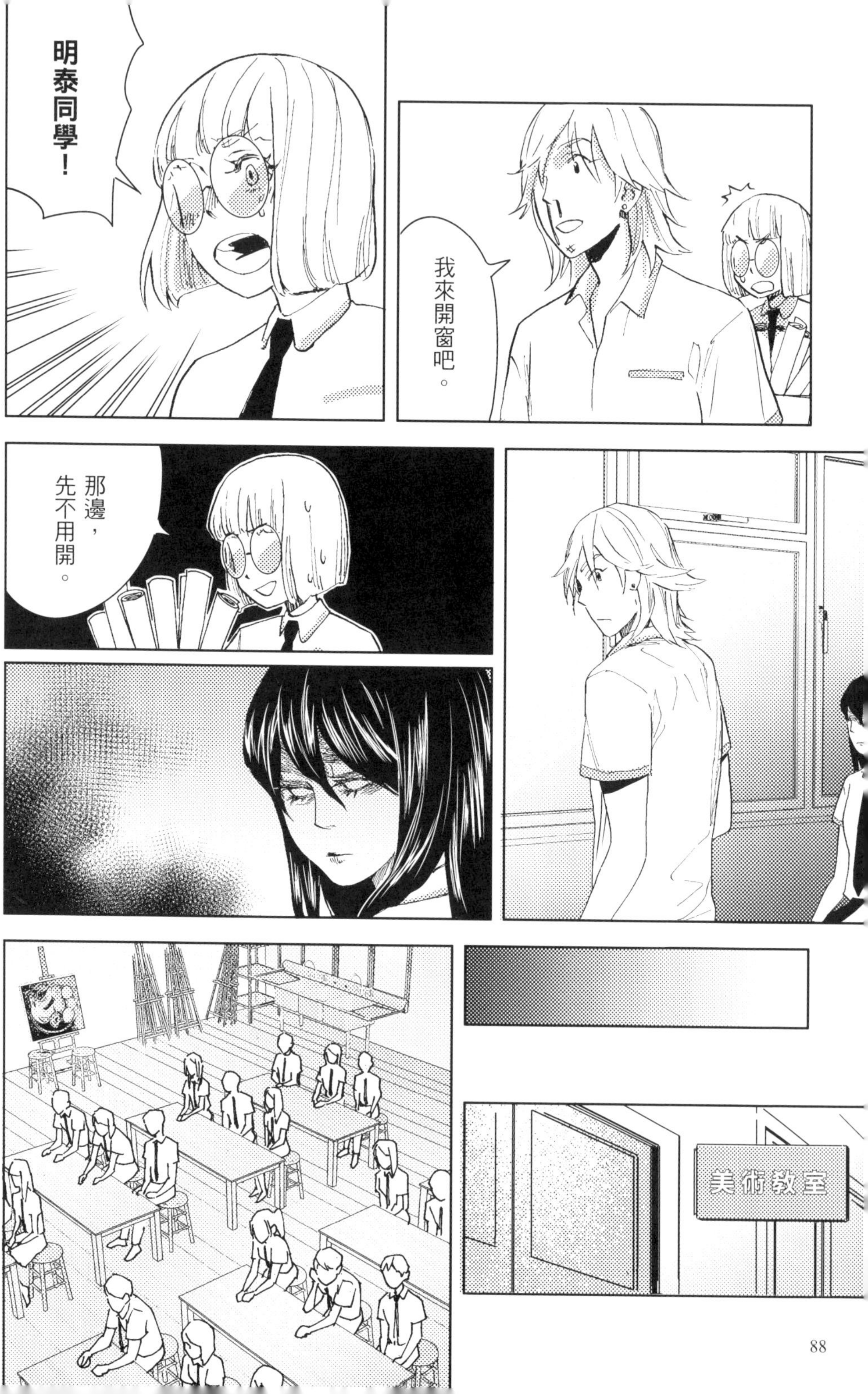
明泰同學！
我來開窗吧。
那邊，先不用開。
美術教室

那個鬼很兇怎麼辦啊？
冷靜點，裝不知道就好了。
阿鳳跟拉吉千萬不要跟我們說話。
她若搭話也不要理她。
不要跟我說話。
我覺得她一直在看我耶！
大叔！
唔，跟我說話了！
你從哪裡來的？
好想回答喔，要忍住！

不理睬
……
小狗狗！
嗷嗚！
拉吉！
你們為什麼不回答我？
是不想跟我說話？
還是……

有人叫你們不要跟我說話？
好可怕的怨氣！
還有同學沒進教室嗎？
紫蓮同學去體育室借器材，晚點回來。
學藝來清點人數，把畫紙發下去。
好的！

1，
2，
3……
……37。
妳算錯了，我們班36個人，
只有紫蓮沒到，應是35個人吧？
不小心把鳳大叔和女鬼也算進去了！
笨蛋！
果然有鬼嗎？

找到了……
妳看得見我！
是妳叫大家不要理我。
不……

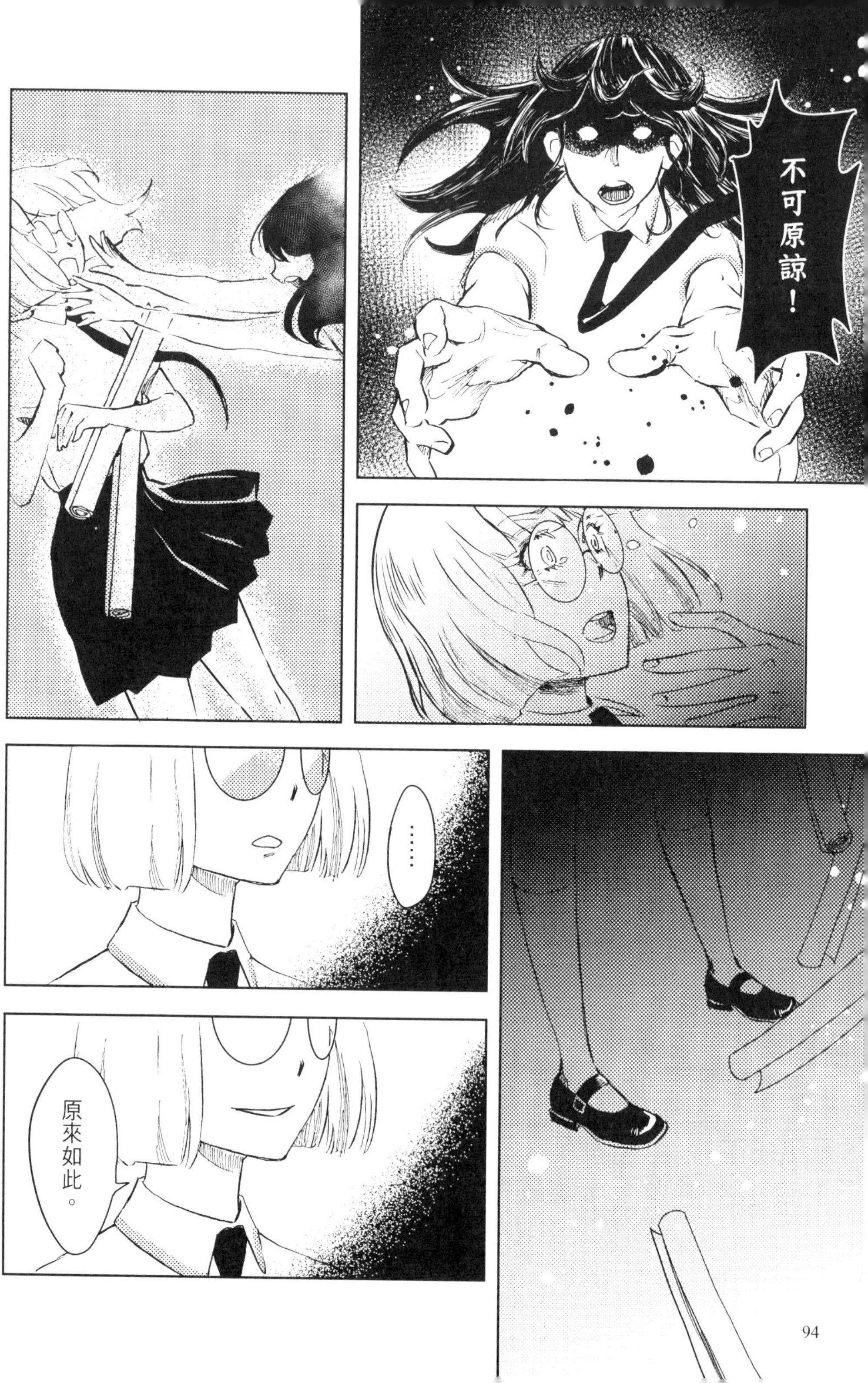
不可原諒！
……
原來如此。

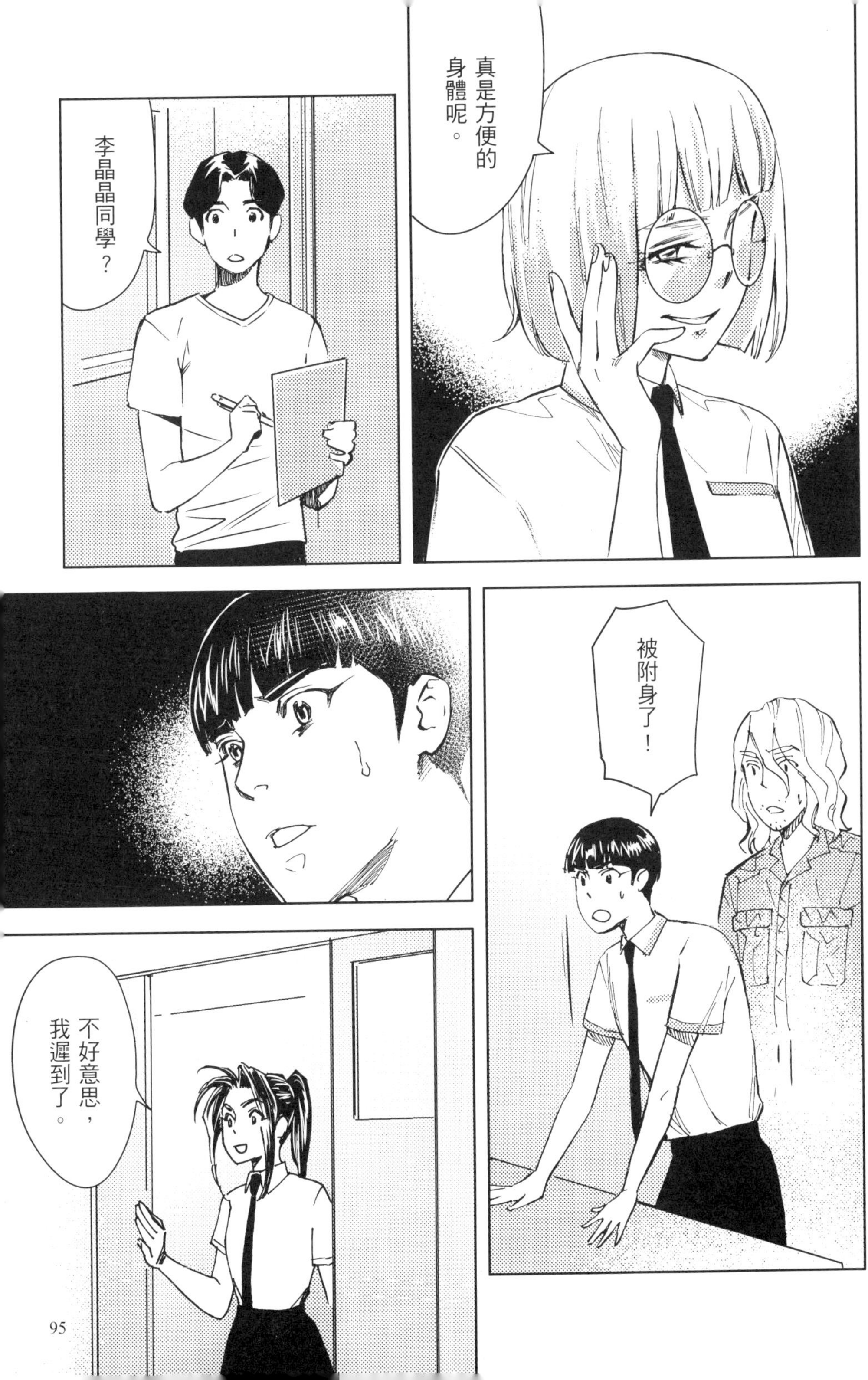
真是方便的身體呢。
李晶晶同學？
被附身了！
不好意思，我遲到了。

剛剛去體育室。
又是妳。
到現在還不放過我嗎？
?

賤女人！
嘩
快住手！

一切都被妳毀了！
咳咳咳！
什麼？
清醒一點！不要放任自己的思緒被控制！
李晶晶！

哲榮？
我就知道你會來。
我一直在等你，不曾離開過。

寂靜——!
咳咳咳!
我的……
初吻。

大家放心，我沒事！
沒想到李晶晶會無故攻擊人。
但是她的樣子看起來怪怪的。
她本來就是怪人！
還當眾親吻余秋冬！
余秋冬品味真差！
他們該不會在交往吧？
這兩個八婆！我跳到濁水溪也洗不清了。
保健室

嗚嗚……
啜泣
現在哭的是小晶嗎？
我叫玫燕。
抱歉。
嗚嗚……
這副眼鏡真礙事，哭都不方便！
拿下

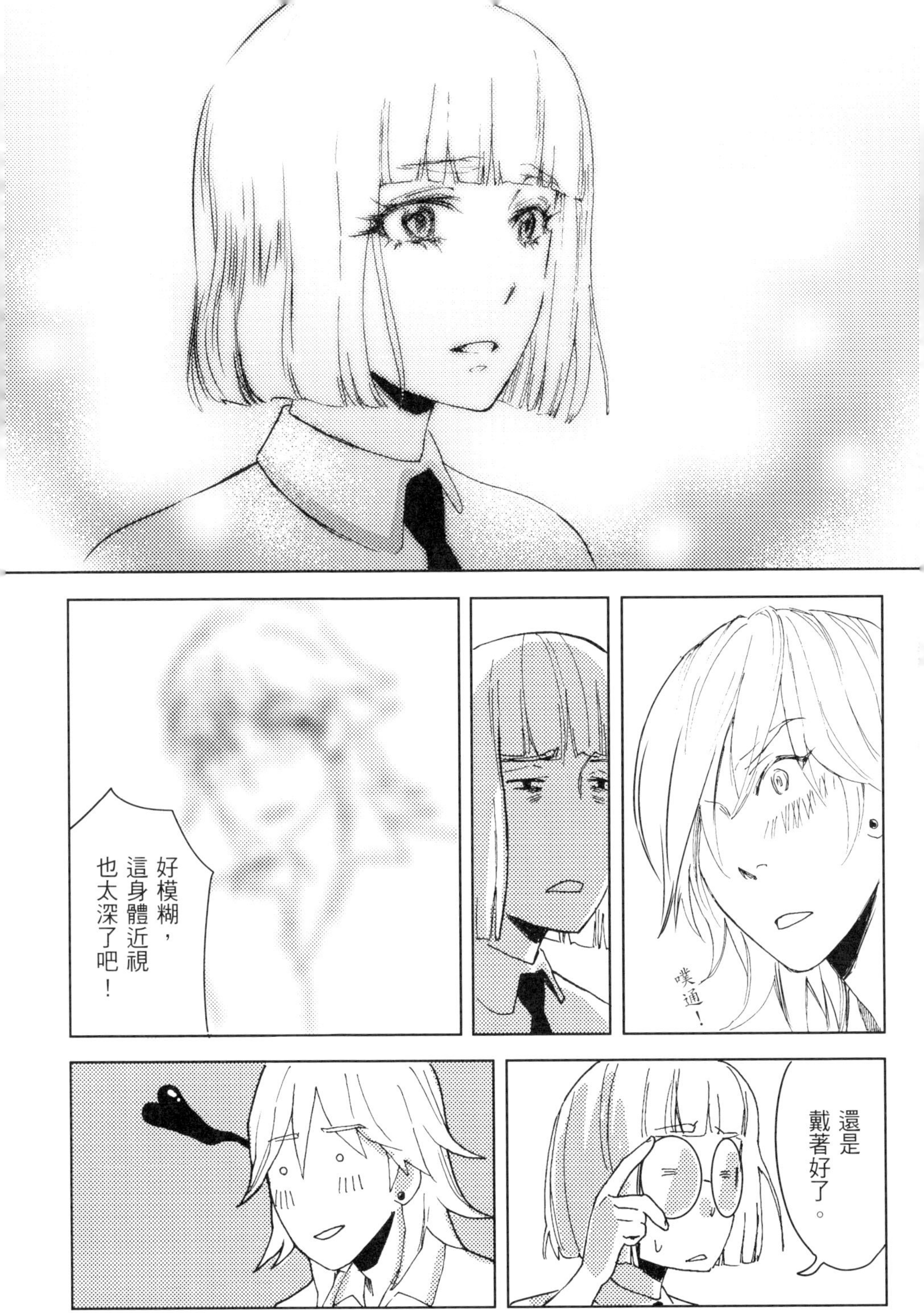
好模糊，這身體近視也太深了吧！
噗通！
還是戴著好了。

玫燕小姐，
鬼魂什麼的我不是很懂，
但是希望妳可以把小晶還給我！
明泰也在啊。
嚇!!

你不是哲榮。
哲榮沒這麼矮。
放開我！我要揍扁那女人！
把初吻還給我！
冷靜點！那是小晶的身體啦！
真羨慕這女孩，有關心她的朋友。
如果我有這樣的朋友，
或許結局就不一樣了。

我和哲榮是美術班最受矚目的學生。
每天放學後我們都會到美術教室作畫。
我相信我們是對方重要的存在。
玟燕，妳還在啊！
你今天來晚囉！
他在我身邊的每一天，都美好得無法言喻。
我以為這一切會理所當然的持續下去。
但那個人——
采琳——
我知道她一直視我為競爭對手。

但我沒想到的是，
她喜歡哲榮。
采琳畫得好棒，
很有機會得獎！
玫燕，
可以幫我看看嗎？
推
哐
噹

妳竟然破壞我的作品！
我不是故意的……
采琳帶領大家排擠我。
我試圖解釋，
但沒有人相信她會為了打擊我而破壞自己的作品。
別人怎麼看我不重要，只要哲榮懂我就好。

但漸漸的，
他不再來找我。
把我傾盡心力完成的作品送給他——
畢業前夕，
我拜託哲榮來美術教室。

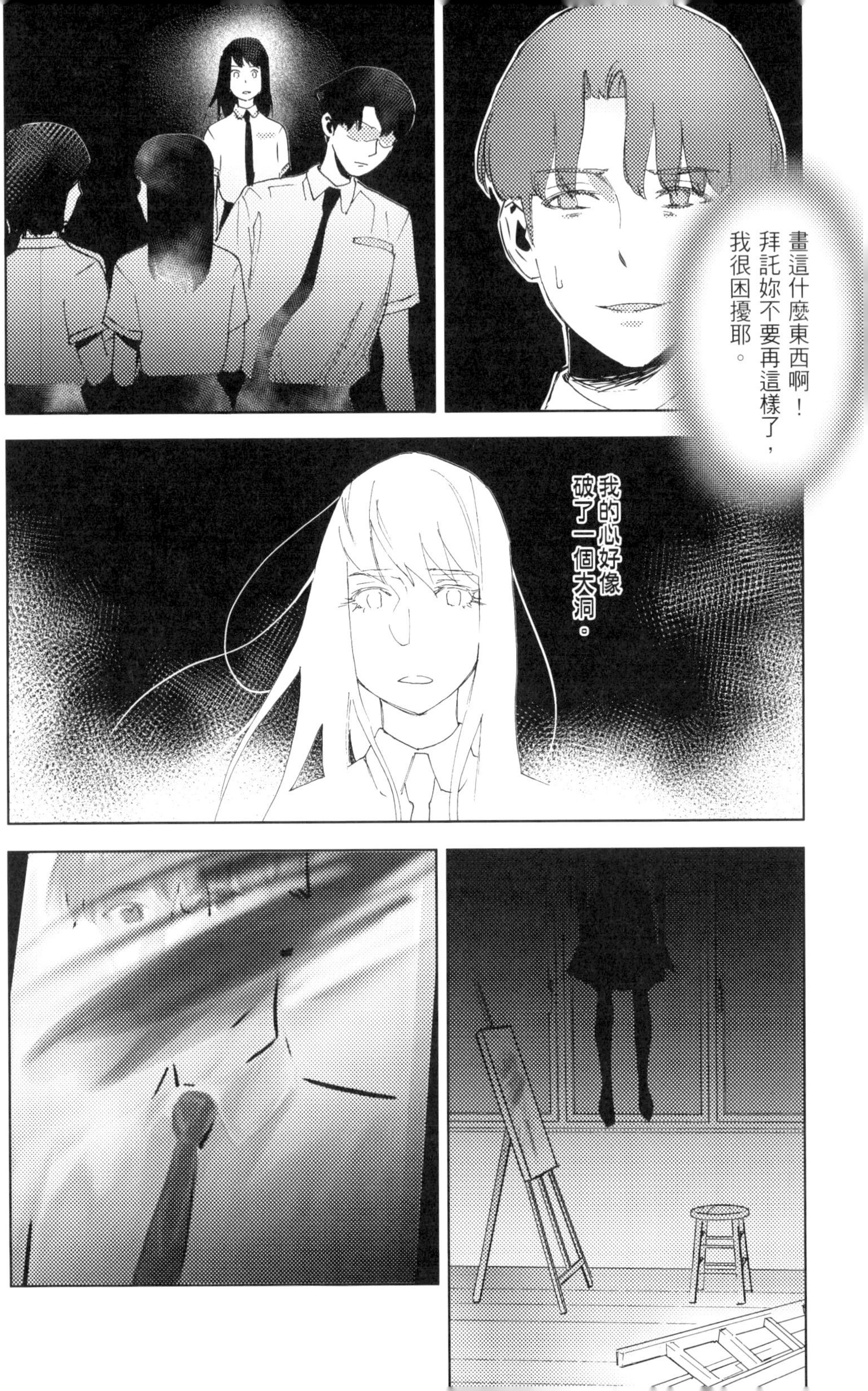
畫這什麼東西啊！
拜託妳不要再這樣了，
我很困擾耶。
我的心好像
破了一個大洞。

我很同情妳的故事，
但是可憐的鬼我見多了。
意外、自殺、謀殺，還有失憶的。
辦得到的，我會盡量幫妳。
但請妳離開這女孩的身體。
我不要。
好不容易再次感受到溫度，
我不想離開。

明泰，
顧好李晶晶的身體。
她不肯自己離開，
啪！
我就讓她升天！

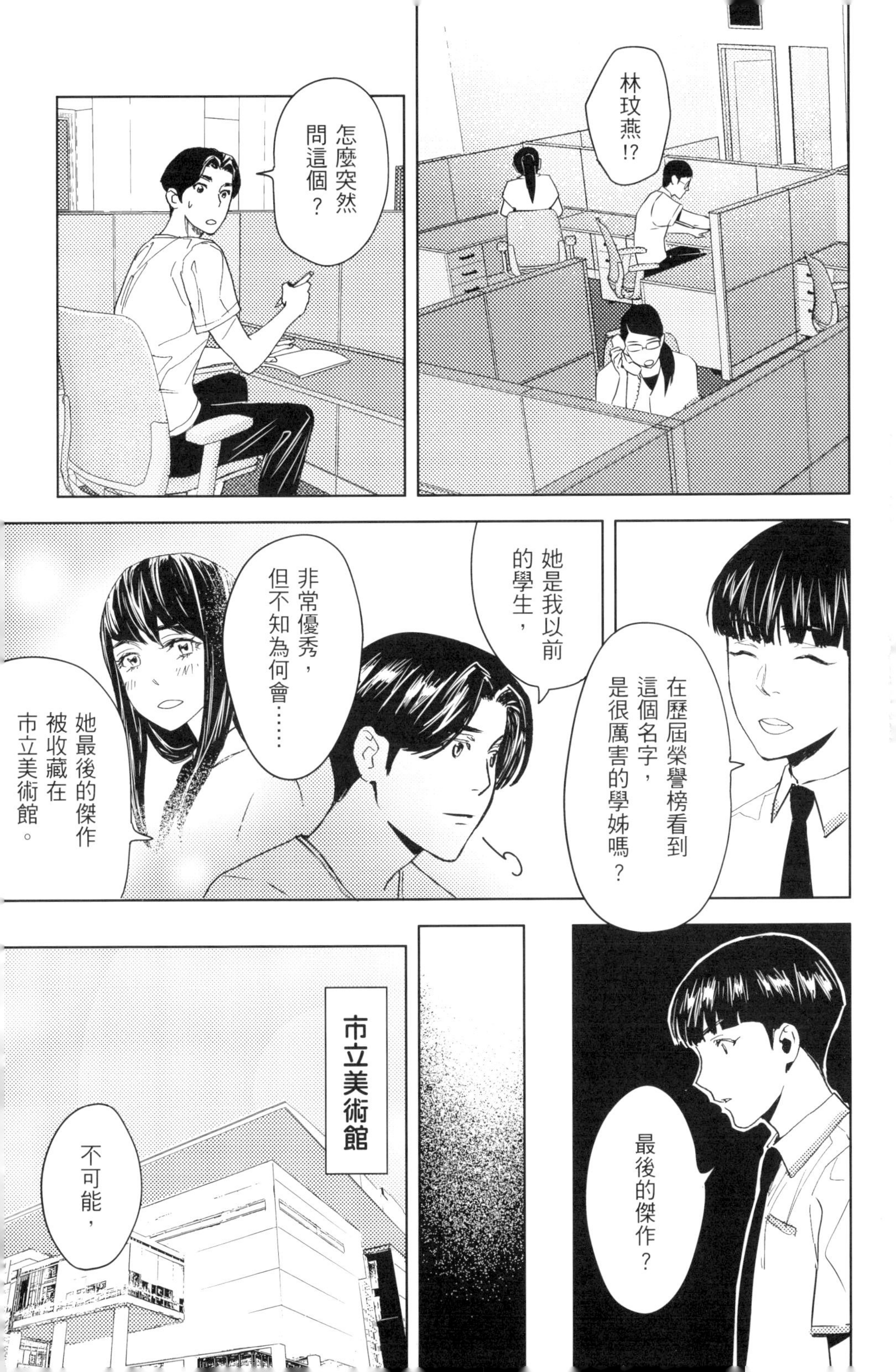
林玟燕!?
怎麼突然問這個？
在歷屆榮譽榜看到這個名字，是很厲害的學姊嗎？
她是我以前的學生，
非常優秀，但不知為何會……
她最後的傑作被收藏在市立美術館。
最後的傑作？
市立美術館
不可能，

我最後的作品
是榮哲的肖像畫，
已經被我
抹掉了。
吵死了，
跟我來就對了。
怎麼可能……
作者／林玟燕
肖像／無題

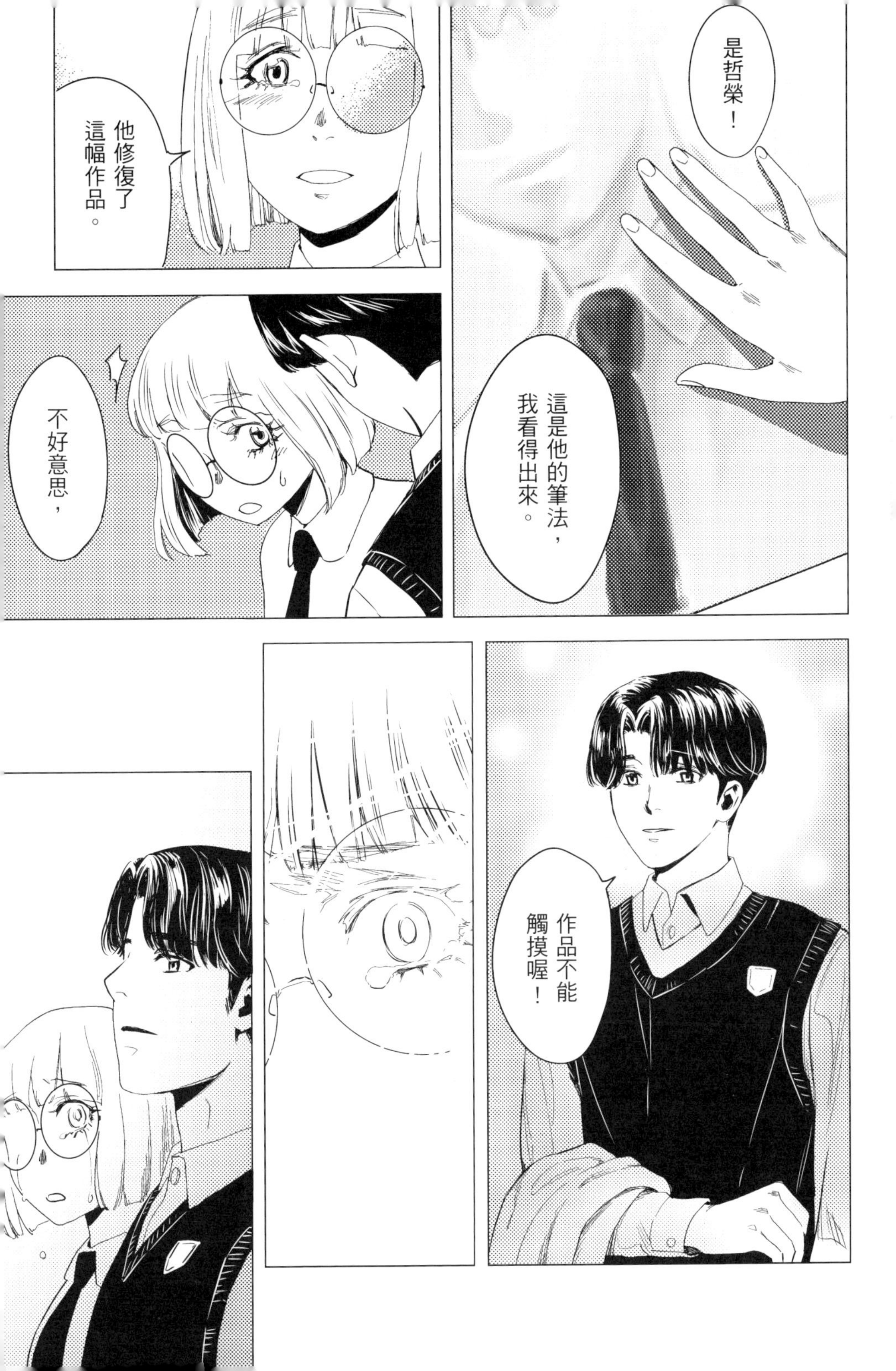
是哲榮！
這是他的筆法，我看得出來。
他修復了這幅作品。
不好意思，
作品不能觸摸喔！

曹操出現了！
她不會又要親人了吧……
哲榮，
知道我仍在你心裡就足夠了——

暈——
秋冬同學……
小晶，妳沒事吧！
她是被附身太久，現在身體很累，休息一天就好了。

對不起……你的……初吻……
那個就別說了，妳也是受害者。
畢竟，妳也是初吻吧。
我……
不是……第一次了……
昏厥

5
宿主副作用
附身時間太長，最嚴重可能導致死亡……

老師，
李晶晶病假。謝明泰未到，聯絡不上。
嘻嘻嘻，
李晶晶做了那種事，換作我也不敢來！
病假……
是被鬼附身的副作用吧？
是鬼巴士！他來後山做什麼？
這裡是往小晶家的方向。
大家好，我是鳳吉！
不用看我，一個都不准跟，拜託也沒用。
這孩子長大後怎麼這麼討厭！
小時候明明很可愛的說！

叮咚—
喀啦—
是秋冬啊！
明泰!?
昨天那樣
很讓人擔心，
所以來看看她。

我在做夢嗎？
秋冬同學來看我……
妳是笨蛋嗎？
痛
不用為我擔心啦，休息一天就好了。
真的不去看醫生嗎？
這是被鬼附身的副作用。
醫生查不出病因的。
我小時候不知道，傻傻地吞一堆藥。

你也會被附身嗎!?
我沒說過嗎？
靈異體質的人，能決定是否讓鬼附身。
NO
Yes
吸靈體質則是接觸就會被附身。
IN!
鬼魂離開後，宿主會產生副作用。
每個人副作用不同。被附身時間越長，副作用越厲害。
最嚴重可能導致宿主死亡。
鬼不肯離開的話，只能坐以待斃嗎？
若宿主意識強大，就能把鬼踢出去。
否則，必須依靠外力。
鬼附身人體時，能感受到知覺。
製造令人厭惡的知覺，宿主就能夠驅離鬼魂。

例如拿臭襪子給他聞嗎？
沒錯，製造些皮肉痛也很有效。
冬冬可以讓我附身嗎？一下就好了！
不要，我的副作用很麻煩欸！
秋冬同學的副作用是什麼呢？
祕密。
蛤～
蛤～

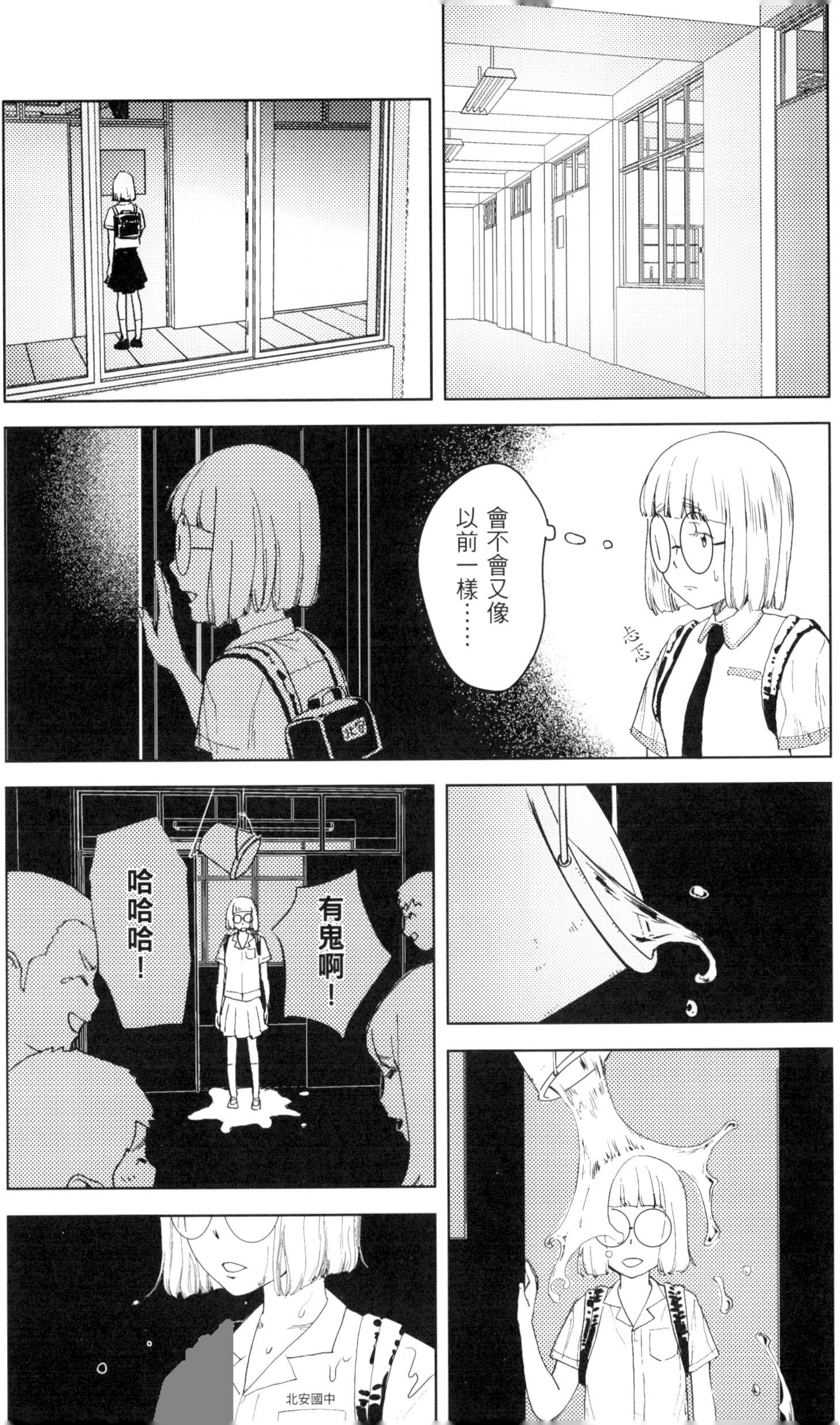
會不會又像以前一樣……
忐忑
有鬼啊！
哈哈哈！
北安國中

小晶早安！
早安。
秋冬同學早！
鳳大叔早！
(小聲)
小晶看起來很有精神喔！
我的桌子怎麼髒髒的？
一定是本來就髒，妳太蠢才沒發現。
哈哈，我真是的！

她要是知道同學在她桌上畫了這些，一定很傷心。
笨蛋
怪胎
知道就別說了。
上次對紫蓮同學做了那種事，
要找機會跟她道歉才行。
紫蓮同學！
我想幫忙搬體育器材！
好啊。

謝謝妳的幫忙，放這就行了。
快上課了，我們去換體育服吧。
紫蓮同學若無其事的樣子，讓我更愧疚了……

那個，
上次的事很抱歉。
妳說美術教室的事啊？
老師跟我說了，妳那天身體不舒服，不是有意的。
我不會放在心上的。
紫蓮同學……
啪
妳也別放在心上！

身材真好，待在更衣室是對的！
快換衣服吧，上課了。
好！
我要小心點，不能再給紫蓮同學留下壞印象了。
反正在鬼面前換衣服也不是第一次了。
不會傷人就好。
漂亮妹妹要不要帶哥哥回家呀？
胸部好大，有D罩杯吧？

喔喔喔，屁股也很棒喔！
……
變態！
你這個色鬼！
蛤？
喔？妳看得見我？
通常我是不碰醜女的，
不過呢——
我決定今天破例！

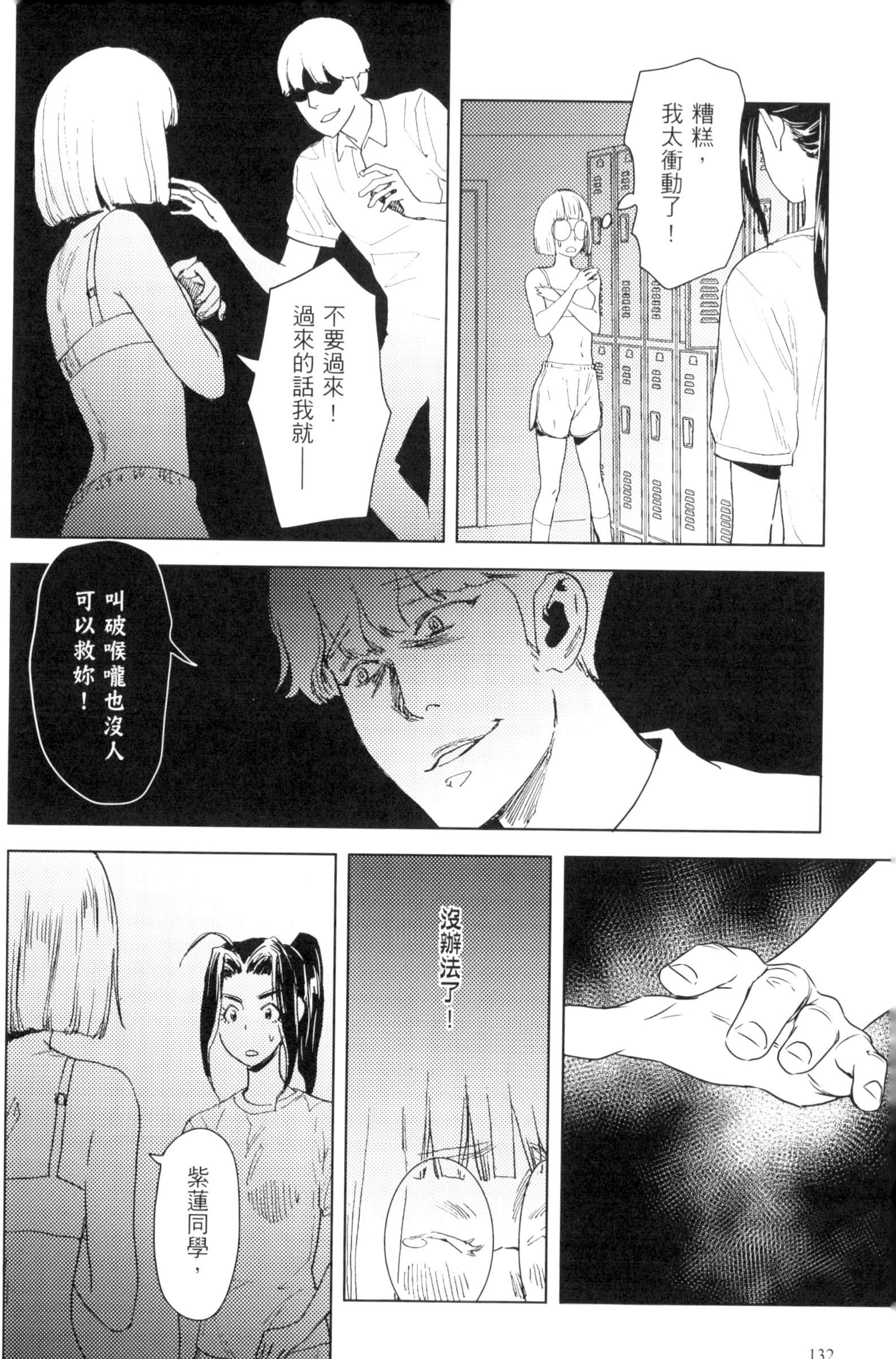
糟糕，我太衝動了！
不要過來！過來的話我就──
叫破喉嚨也沒人可以救妳！
沒辦法了！
紫蓮同學，

接下來的我
不是我，
如果我做了什麼
傷害妳的事，
請狠狠揍我一拳！
我不懂妳的
意思!?
呃啊——
呀啊啊啊——

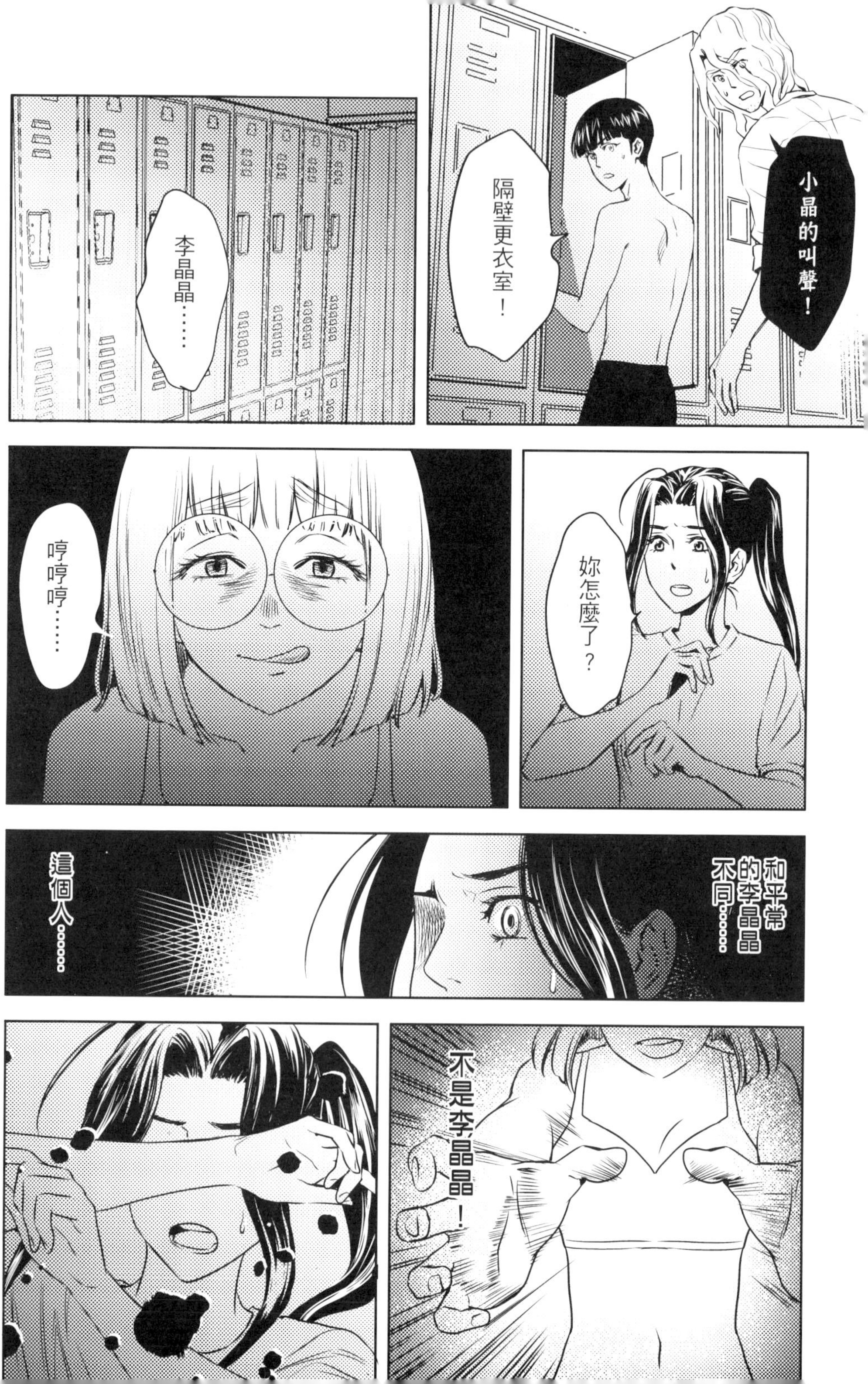
小晶的叫聲！
隔壁更衣室！
李晶晶……
妳怎麼了？
哼哼哼……
和平常的李晶晶不同……
這個人……
不是李晶晶！

咦？
李晶晶！

余秋冬？
先生你哪位？
痛啊！

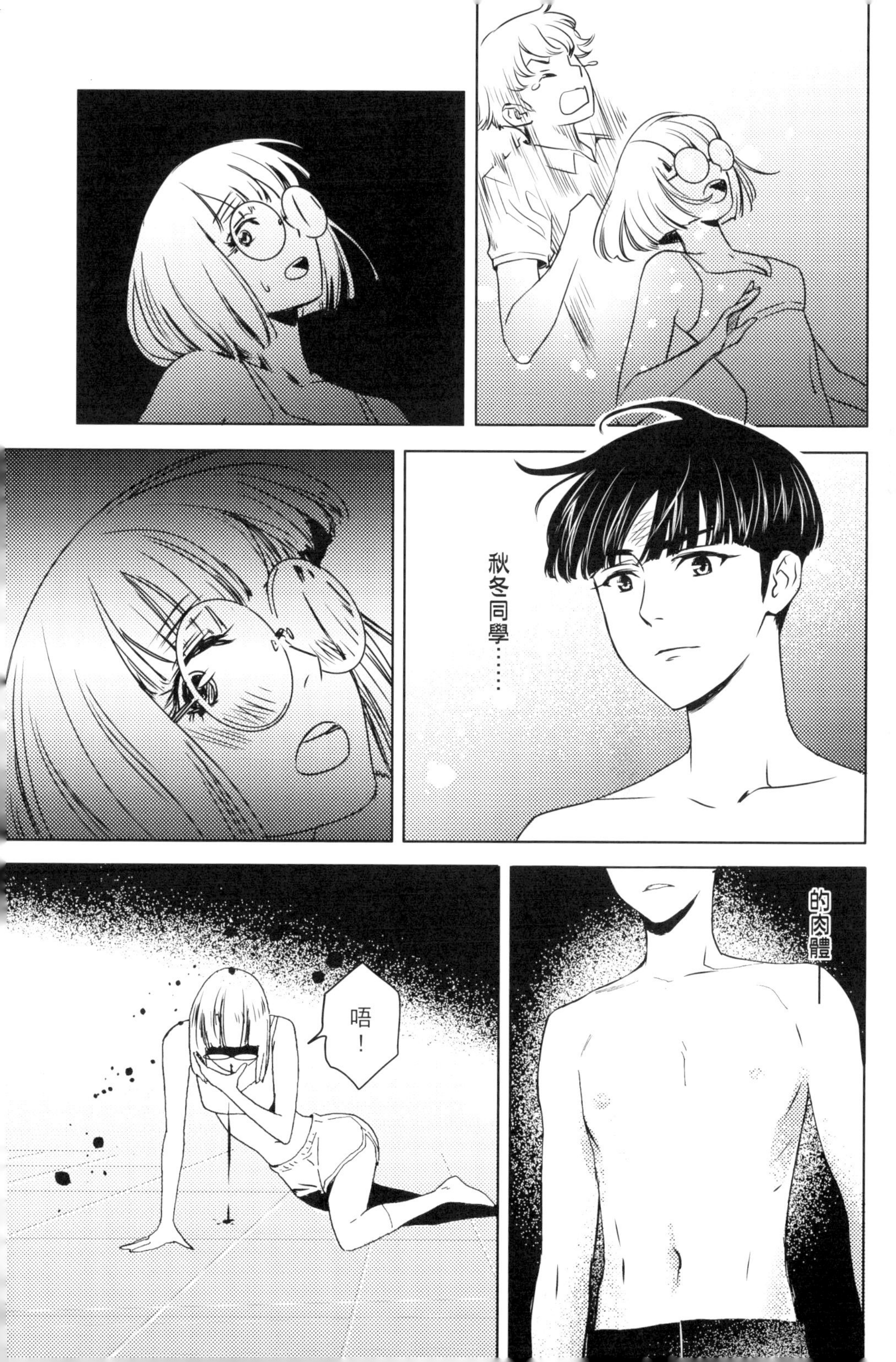
秋冬同學……
的肉體
唔！

謝謝你來救我。
不准用那種猥瑣的眼神看我！
把鼻血擦乾淨！
竟然壞了我的好事！
躲在這裡偷看女生，真是沒用的鬼！
少瞧不起鬼了。
我會纏著你，讓你寢食難安，
直到你死為止！

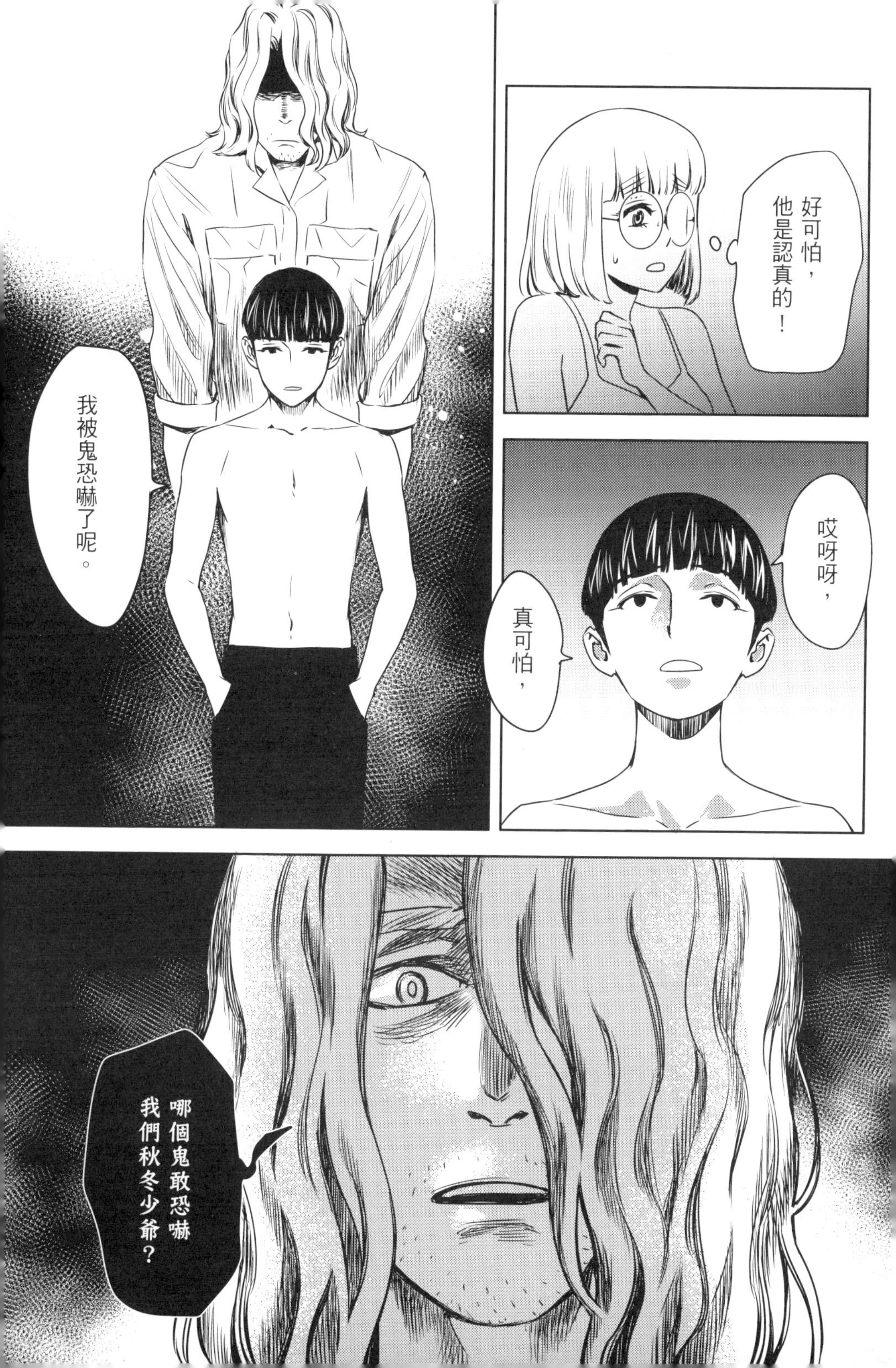
好可怕，他是認真的！
哎呀呀，
真可怕，
我被鬼恐嚇了呢。
哪個鬼敢恐嚇我們秋冬少爺？

咦？
鳳吉！
真的是你！
你也這麼早死啊！
你認識我？
那個，現在是什麼狀況？

6 別在遊樂園哭泣

萬一她走進鬼屋，你不擔心嗎？

上課遲到被罰跑步的三人。
晶晶
紫蓮
秋冬
我不行了……
嘩啦—
這女人太衰了，跟她扯上都沒好事。
又害妳被罰跑步，道歉都沒用了。

不過因此看到秋冬同學的胸膛，也不全是壞事啦！
看到這傢伙的內衣，一點都沒賺到的感覺。
那個，
剛剛在更衣室，還有上次在班長家，我一直很想問。
你們——
看得見鬼？
嗯。
真不敢置信！
色鬼和鳳大叔都在秋冬同學的背後。

不要一直色鬼、色鬼的叫，人家有名有姓！
有說錯嗎？
萬一有鬼跟著我回家怎麼辦啊？
也不用太擔心啦，除非生病或情緒低落，否則鬼很難跟上的。
一直被這樣跟著不要緊嗎？
當然要緊啊，不但會肩頸痠痛，還有隱私問題呢。
偏偏有人失憶，趕不走啊。
你真的什麼都記不起來啊？
我只知道自己的名字，你知道些什麼，可以告訴我嗎？

說起來我們也不是很熟識的朋友。
那天我機車拋錨停在路邊，又沒錢去修車……
遇到從便利商店出來的你。
我幫你看看吧！
穿著昂貴的西裝，修起車卻有模有樣。
聊天才發現我們公司在同一棟大樓，後來常在公司碰面。
過沒多久，我就車禍死了。
那我有提過什麼人嗎？

記得你好像說跟女友快走不下去了……
女友？
我就知道這麼多了。
那個人看來很衰，我跟他走囉！
掰啦！
還是什麼印象也沒有，我到底發生了什麼事？
噹—
噹—

紫蓮同學！
果然還是會怕吧，靈異什麼的。

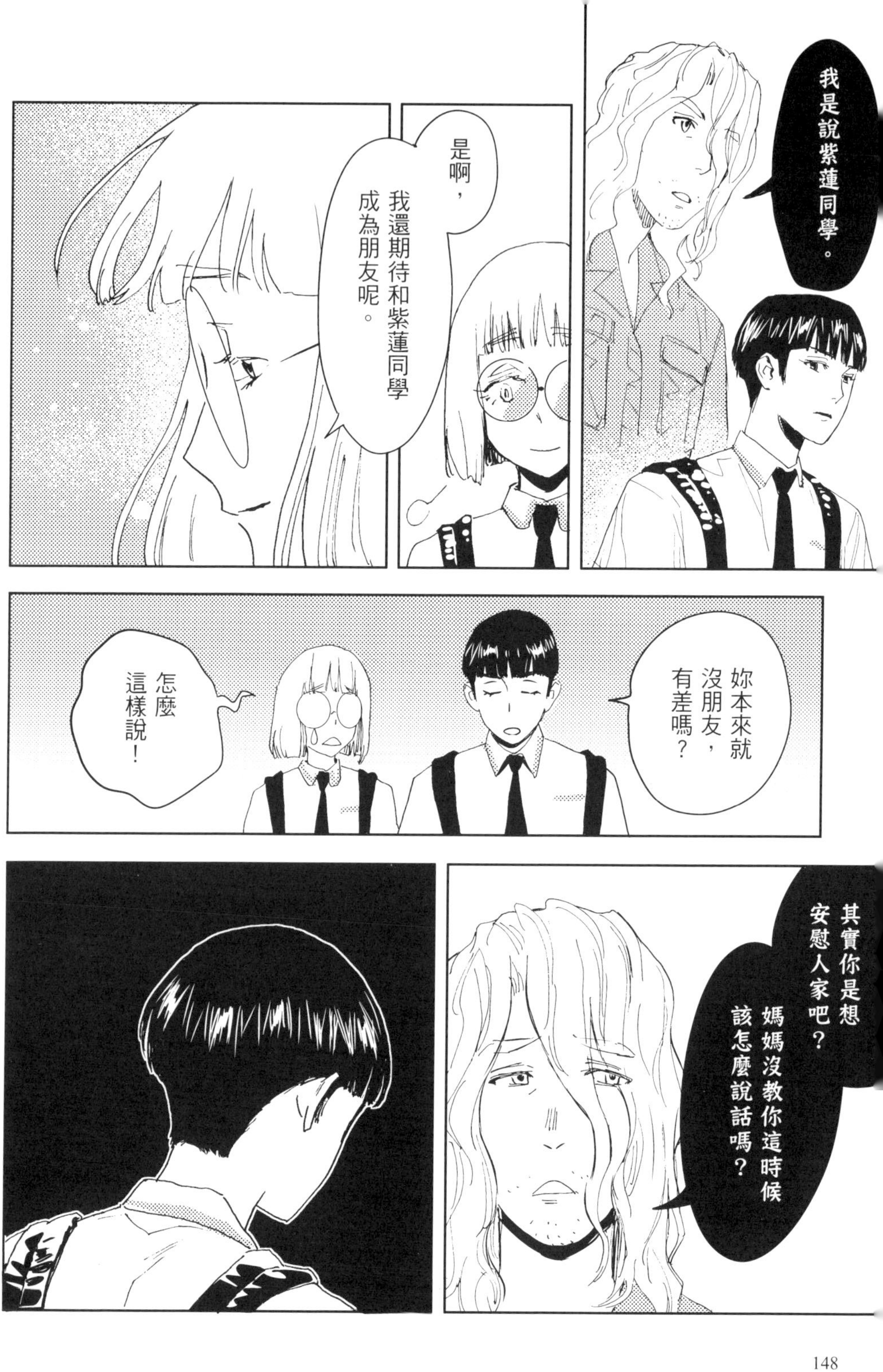
我是說紫蓮同學。
是啊，我還期待和紫蓮同學成為朋友呢。
妳本來就沒朋友，有差嗎？
怎麼這樣說！
其實你是想安慰人家吧？媽媽沒教你這時候該怎麼說話嗎？

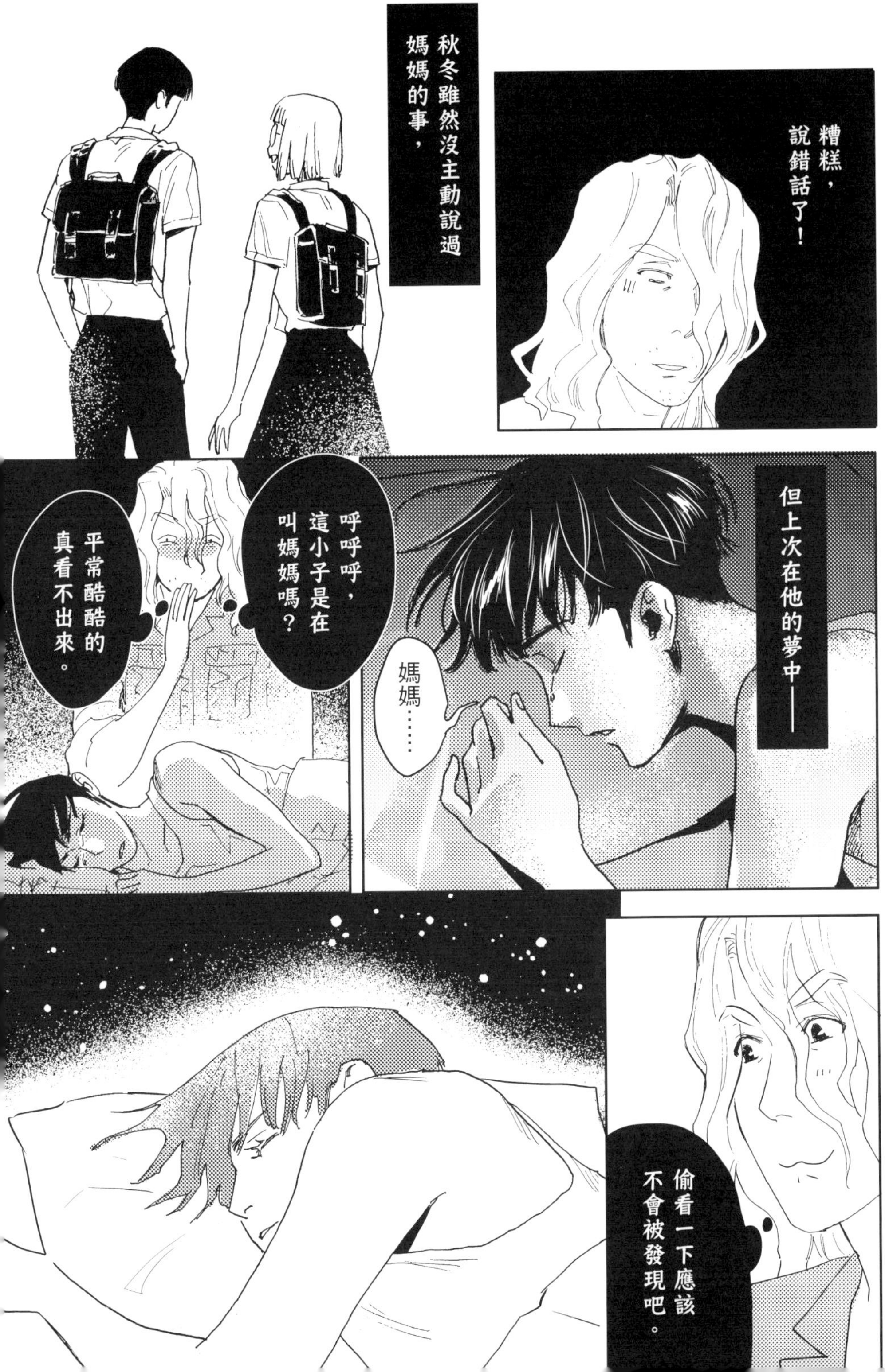
糟糕，說錯話了！
秋冬雖然沒主動說過媽媽的事，
但上次在他的夢中——
媽媽……
呼呼呼，這小子是在叫媽媽嗎？
平常酷酷的真看不出來。
偷看一下應該不會被發現吧。

那個夢裡，
只有不停鳴叫的喇叭聲。
和定格的畫面——
有些事情忘記了
也不是壞事吧？
不要摸我頭，
會頭痛！
我們一起走吧！
明泰同學，
要看電影嗎？
要順路
載我嗎？
吵死了！

小晶要看電影嗎？
秋冬同學要看嗎？
不要。
那我就不客氣囉！
？
看完電影再去吃蛋糕！
可以只吃蛋糕就好嗎？
秋冬同學再見！
Yes!

……
遊樂園……不是吃蛋糕而已嗎？
這裡不只有蛋糕啊，
還有很多好玩的！
不喜歡嗎？

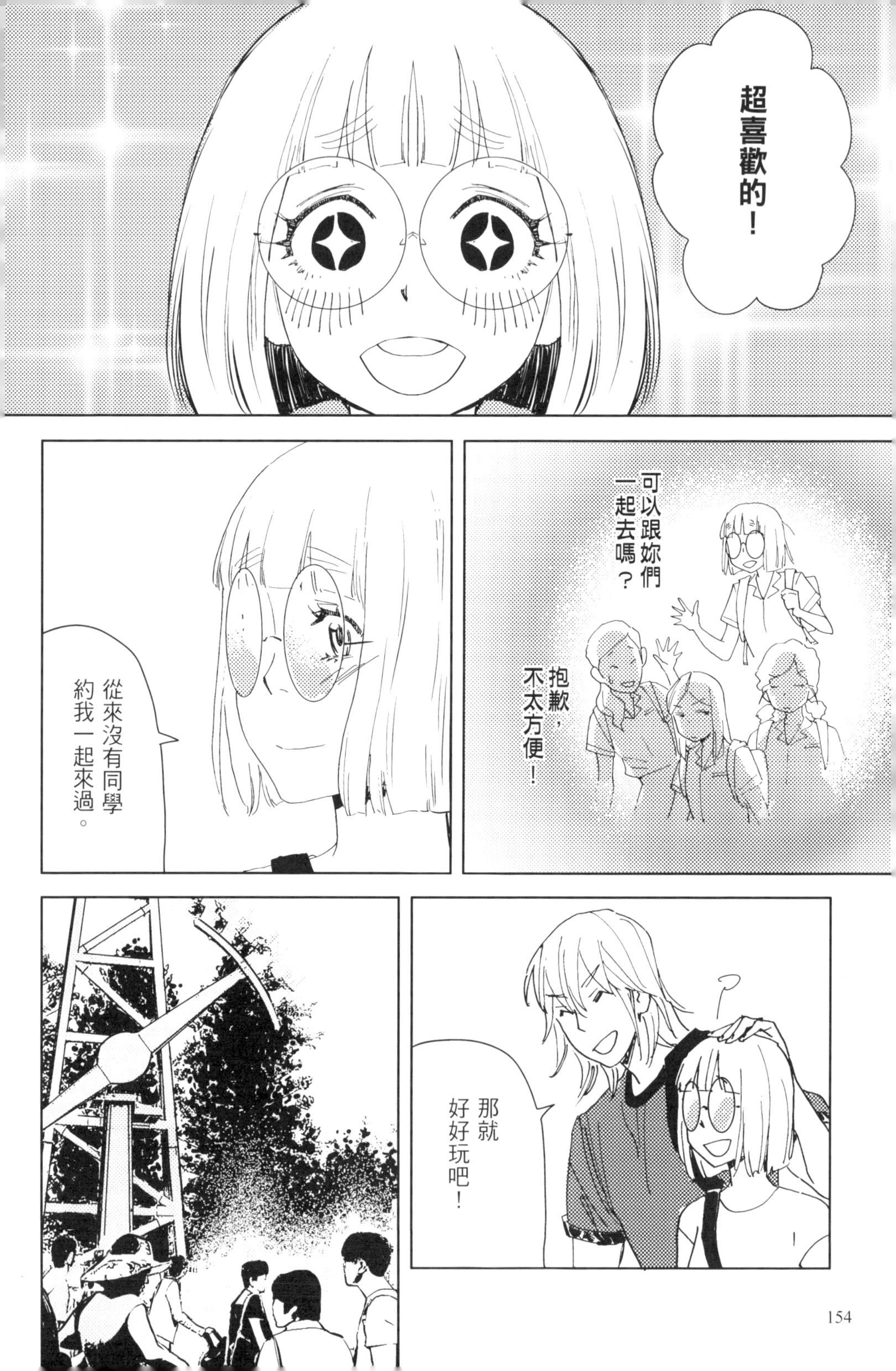
超喜歡的！
可以跟妳們一起去嗎？
抱歉，不太方便！
從來沒有同學約我一起來過。
那就好好玩吧！

秋冬，
小晶去遊樂園你不擔心嗎？
請問我要擔心什麼？
萬一小晶進了鬼屋……

嗯嗯嗯，好吃！
小晶，
我喜……
洗？
哎喲！
這不是謝明泰嗎？
你是誰？

當初搶我女人，現在淪落跟醜妹約會啊！
哈哈哈！
一定是你的女人糾纏我，還有，跟小晶道歉！
那個醜妹叫小晶啊！
我就是要叫她醜妹，你怎——
唔！
呀！

那不是小晶嗎？
不要打了！
我被說醜女沒關係的。
醜女吵死了！
打女人太難看了！
有意見嗎？矮冬瓜！
少瞧不起人了！

可惡！我根本打不過……
不管了！
阿鳳，
進入我的身體吧！

嗚嗚嗚，不要再打了啦！
怎麼能讓女孩哭泣呢？
這樣壞壞喔！

小子，你有病嗎？
是鳳犬叔！
好啦好啦，大家別吵了，我們就地解散吧！
少給我嬉皮笑臉！

大哥！
親愛的！
我沒有使出全力，不過還是去看個醫生比較保險。
……

有觸感欸！揍人的感覺還留在手上！
這就是活著的感覺嗎？太棒了！
你還好吧？
秋冬同學你還好嗎？
是副作用吧？
熱……

好熱！
唔！
我要水……
原來秋冬同學的副作用是發熱啊？
像在大熱天跑了三千公尺一樣。

秋冬同學，你的手臂！
小時候車禍的傷疤。
只有副作用發作時才會浮現，過一會就會消了。
原來如此，會引發勾起傷心回憶的症狀啊，難怪之前不想說。
呀啊啊啊

啊——
死人啦！

7 厄運永無止盡

連續不斷遭逢意外，
有可能是被纏上了……

死人啦！
副班長!?
喔咿——
喔咿——

安平綜合醫院
竟然會有背包從遊樂設施上掉下來，還剛好打中你！
謝謝你們，沒想到會發生這種意外。
最近好衰，做什麼都不順。
考試時突然頭痛，明明有念書，卻因為頭痛考不好。
還有下雨天，我記得關上窗才睡的，早上窗戶卻開著，桌上的書全濕透了。
再來就是今天，被女孩子放鴿子，還遇到這種意外……

不是普通的衰欸，真同情他……
我們先回去囉。
人家跟你說再見，故意沒聽到嗎？
秋冬同學再見！
這不是回家的路吧？
副班長的狀況不太對勁。
這樣連續不斷的厄運，極有可能是被鬼纏上了。
一般而言，鬼魂不會傷害依附的宿主，
但如果惹他們不開心，就可能招來鬼魂的惡作劇或是惡意傷害。

不過我沒有在他身邊看到鬼啊？
這才是我擔心的。
鬼魂可能在他家，光靠怨念就能影響他，可見是多麼兇惡的鬼魂。
放著不管的話，怕下次副班長就沒這麼幸運了。
到了。
果然不太妙啊。

已經三天了，副班長還沒來上課。
漱—
應該還在住院吧，我也沒藉口去人家樓上看個清楚。
副班長你出院啦！
噗
更嚴重了！

本來隔天就能出院的，
出院前在醫院閒逛，不小心在樓梯間滑倒。
最近倒霉得讓我覺得可怕……
你最近有去什麼地方嗎？
最近就只有去遊樂園。
難道是遊樂園嗎？
應該更早就跟回家了。

聽說你蒐集公仔，
可以去你家看看嗎？
當然好啊！
沒想到秋冬也對
公仔有興趣啊！
一點興趣
都沒有喔。
沒想到跟秋冬
這麼聊得來！
秋冬一味迎合
人家的話題，
當然聊得來啊！
你真的很煩欸。

除了鬼之外，秋冬有沒有可以說真心話的人？
可以說真心話的人？
為什麼會想到那傢伙？
我家到了。
嗚呼呼——

……
那個窗台是你家客廳的位置嗎？
啊，那是我房間！

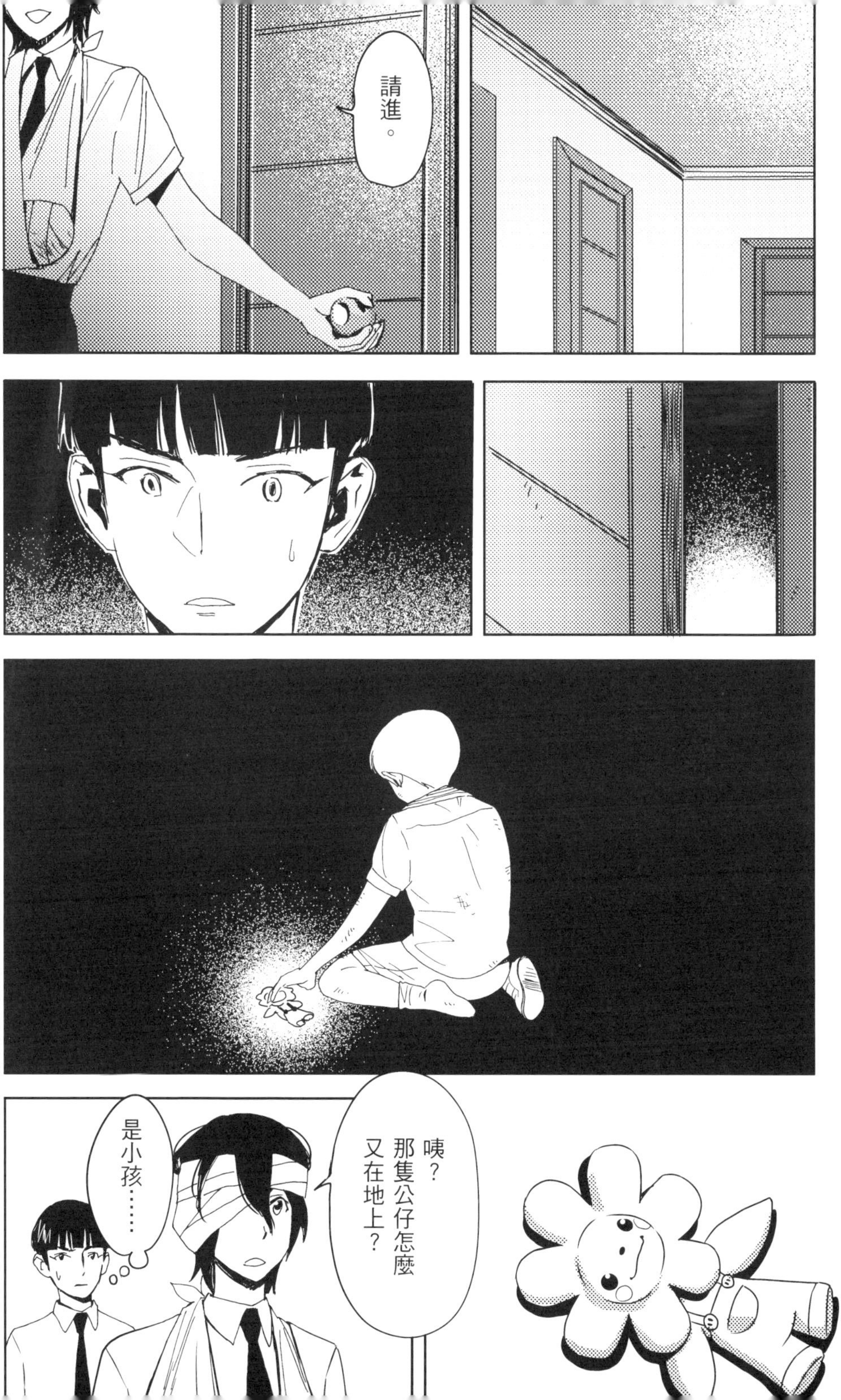
請進。
咦？那隻公仔怎麼又在地上？
是小孩……

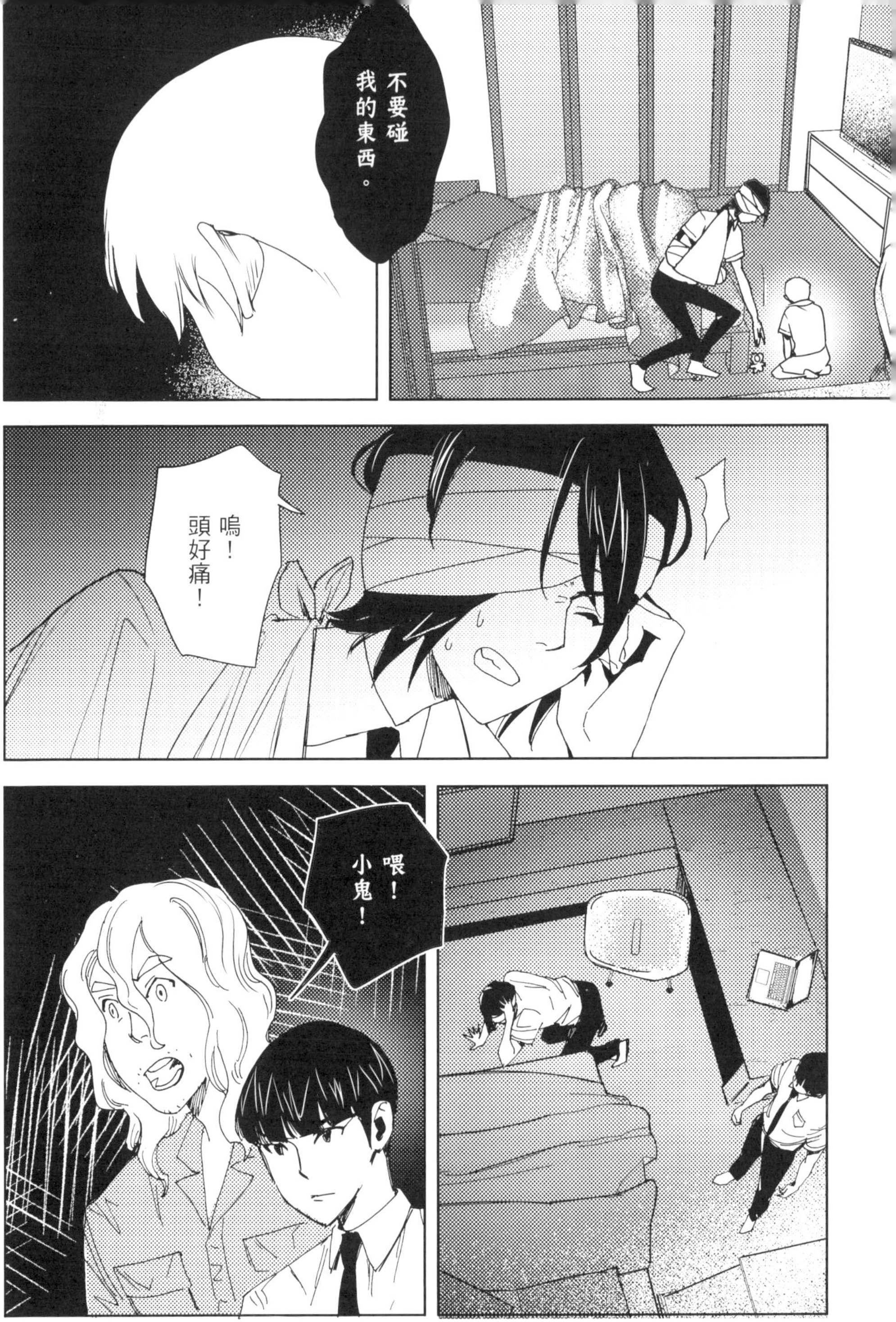
不要碰我的東西。
嗚！頭好痛！
喂！小鬼！

滿可愛的嘛！
這個公仔從哪裡來的？
秋冬也知道這個公仔啊！
太陽營養穀片去年發售的限量公仔太陽寶寶！
我要買的時候早就銷售一空了！

有天放學，
路過我家附近的公園，
在沙坑撿到這隻公仔。
所以是撿來的……
啜泣
這下該怎麼辦？
放回去公園嗎？
也要副班長
願意才行。

副班長，
這公仔可以賣給我嗎？
喔喔，買下來是不錯的方法！
撿來的應該不會賣很貴吧？
好喔！算你友情價吧。
五千元。

這種絕版品喊到上萬元是常有的事。
五千元已經很便宜了。
怎麼看都是奸商。
老實說我對那個醜公仔一點興趣都沒有。
真是浪費我的時間。

但是這個玩具的小主人希望你能把東西還給他。
我不知道你在打什麼主意，
不過既然被我帶回來了就是我的。
那是我的……
轟
轟
嗚啊！是地震嗎!?

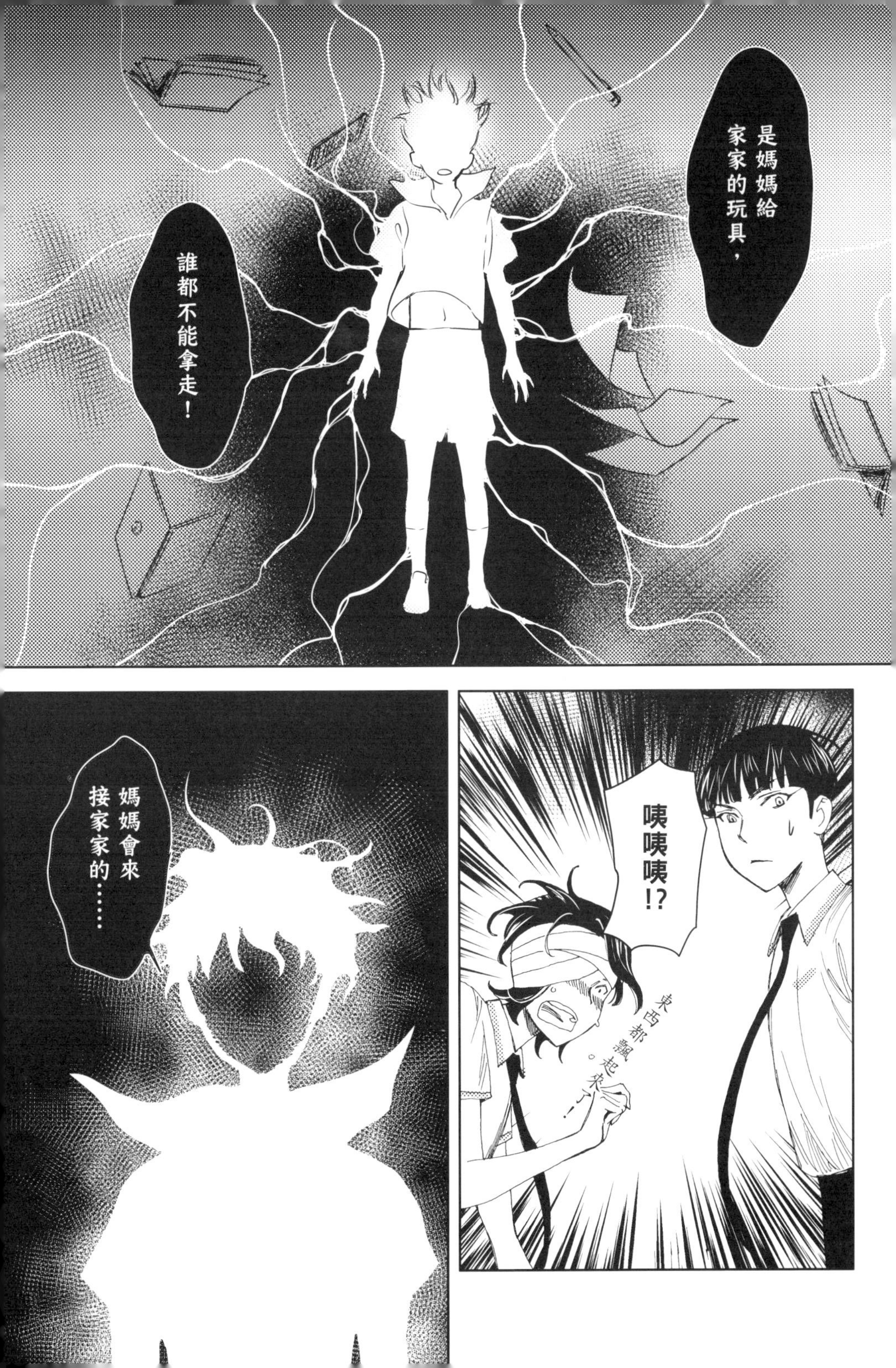
是媽媽給家家的玩具，
誰都不能拿走！
咦咦咦!?
東西都飄起來了！
媽媽會來接家家的……

好痛！
我的頭要裂開了！
到底怎麼回事啊!?
可惡，連我都被影響了！
媽媽我好想妳。
阿鳳不要發呆啊！
把那小鬼抱走，讓他冷靜點！

蛤！可是他好可怕！
阿鳳！
好啦好啦！
小朋友乖，別哭別哭！
哇啊！！
快把他抱走！

不要再亂撿東西了！
下次我不會幫你的。
啊啊啊！煩死了！

問什麼都不說。
他的戒心很重，秋冬要收留他一陣子嗎？
絕對不可能！
今天要是問不出結果，我就把他丟回公園！
反正只是說說。
雖然不想這樣，但只能找她來看看了。

孤男寡女的
好害羞喔！
嚴格說起來，
不是孤男寡女！
重點是這個小子，
什麼都不肯說。

流氓
小弟弟，有什麼困難告訴大姐姐好嗎？
好人
壞人
媽媽……
說話了！

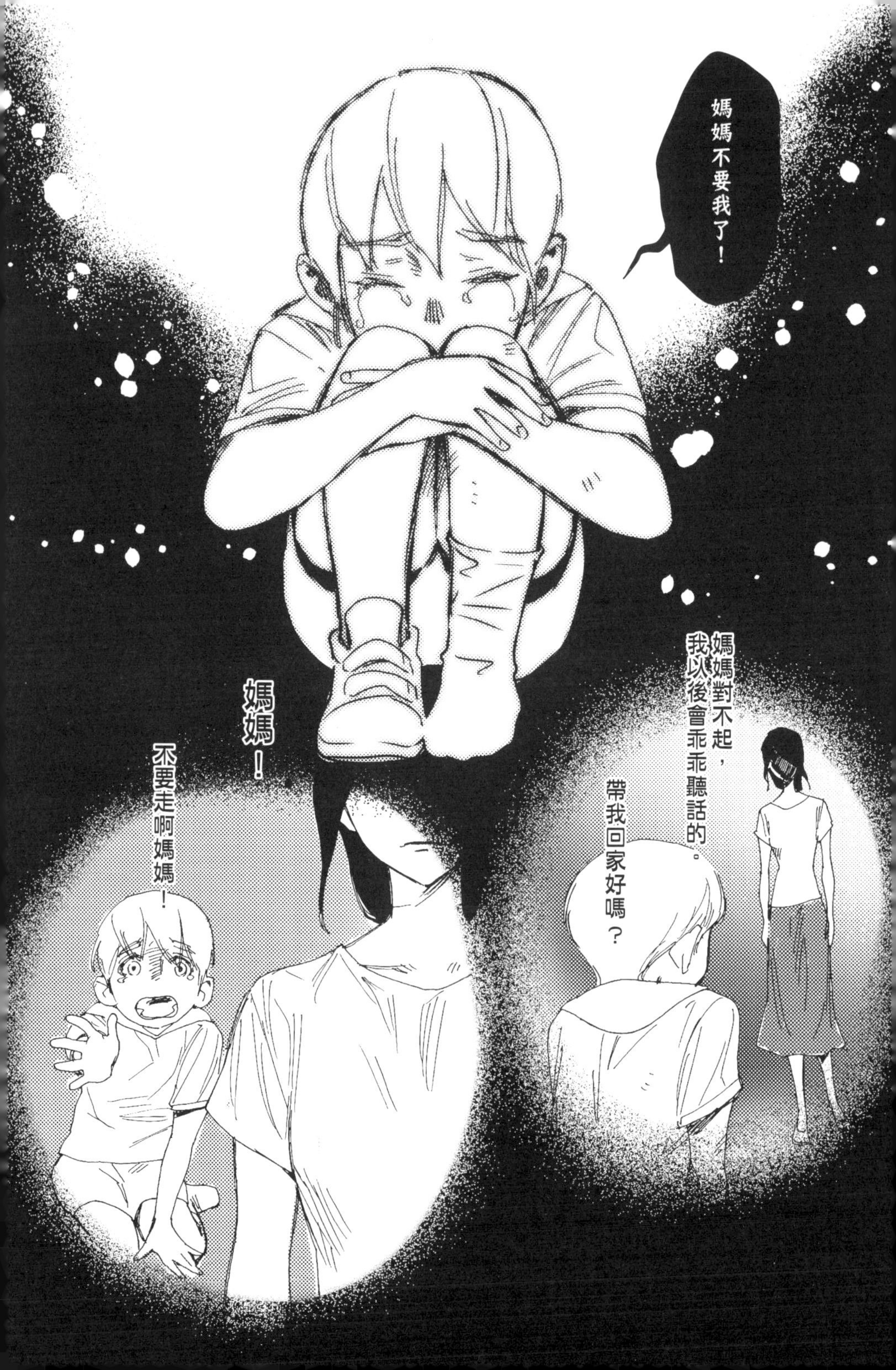
媽媽不要我了！
媽媽對不起，我以後會乖乖聽話的。
帶我回家好嗎？
媽媽！
不要走啊媽媽！

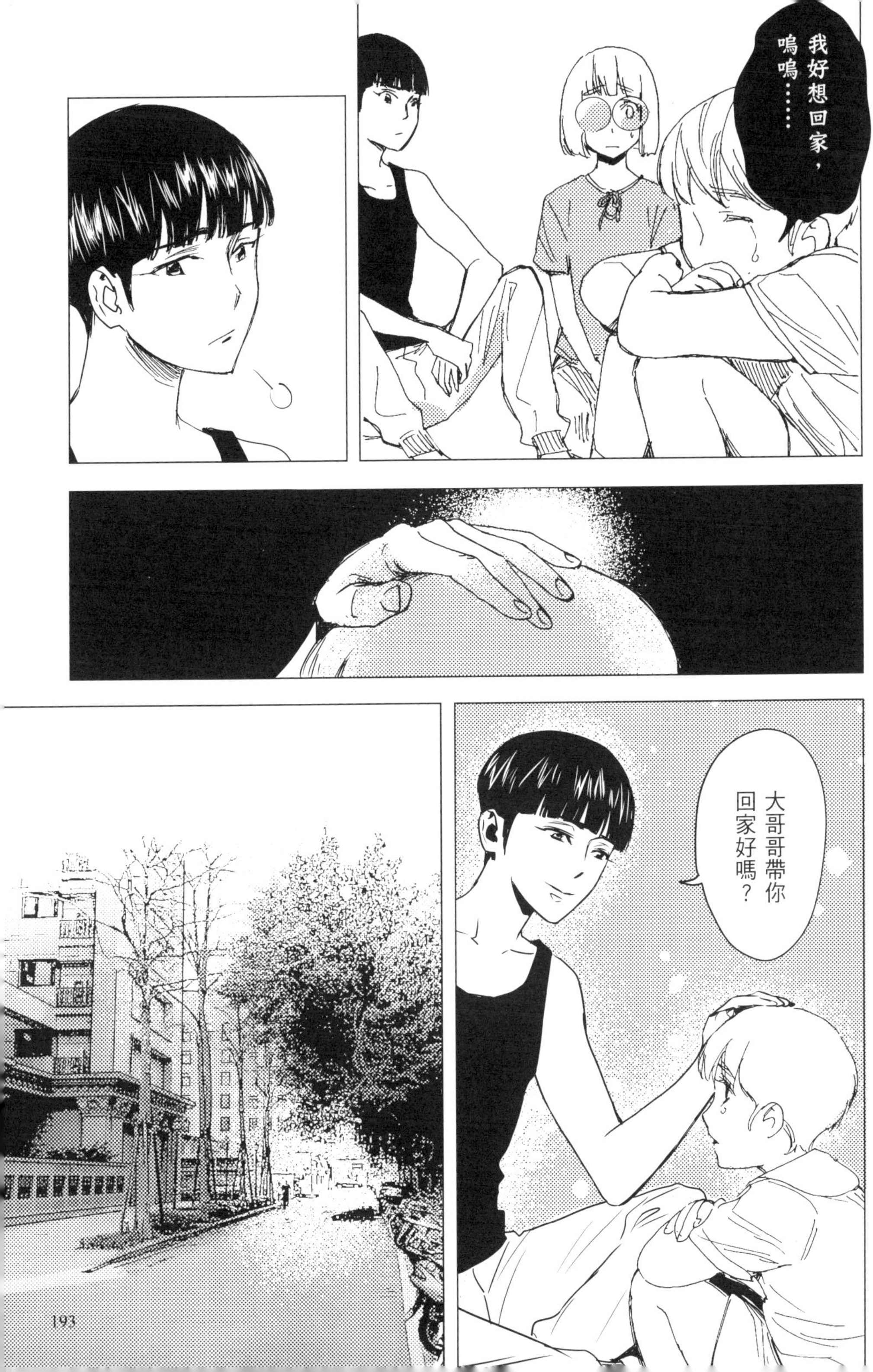
我好想回家，嗚嗚……
大哥哥帶你回家好嗎？

叮咚——
叮咚——
請問是家家的母親嗎？
……
有些關於家家的事情想請教。
你們有家家的消息嗎!?

這個反應，
不像是拋棄小孩的母親。
我一直很自責，那天晚上……
我吃不下了。
家家要聽話喔，吃完才會長大。
家家想吃什麼水果呢？
西瓜？還是芒果？

……
家家？
警方那裡一直沒進展。哪怕是一點點線索也好……
我到處找他，
家家最愛去公園的沙坑玩，
可是那裡也沒有。
騙人！明明是媽媽不理我！

這麼重要的事，我竟然忘了問。
家家，你知道什麼是死亡嗎？
死亡？
……
那天離家後發生什麼事了？
我趁媽媽不注意，偷跑到公園玩沙……
小弟弟，
一個人嗎？

我看見叔叔把我帶走，
但不知道為什麼我還在原地……
然後媽媽來了，我怎麼叫媽媽，她都不理我。
原來，家家不明白死亡的意思。
不知道媽媽看不見自己。
請問你們有家家的消息嗎？
突然這麼說或許難以接受，但是，

家家已經死了。
他的鬼魂不明白自己已遇害身亡，誤會媽媽因為生氣而拋棄他。
秋冬！
這麼殘忍的玩笑，
你母親是怎麼教育你的！

我母親……
我們沒有說謊！家家遇到很不好的事，
我們想幫他回到媽媽身邊！
緊握

所以說，
我真的很討厭做這種事啊。
這是我買給家家的！
反正該說的我都說了。
接下來，
秋冬同學!?
這種場合抓著人家不太好吧？
要不要相信，

隨便妳。
媽媽……
原諒家家好嗎？
家家會跟太陽寶寶一樣當乖孩子！

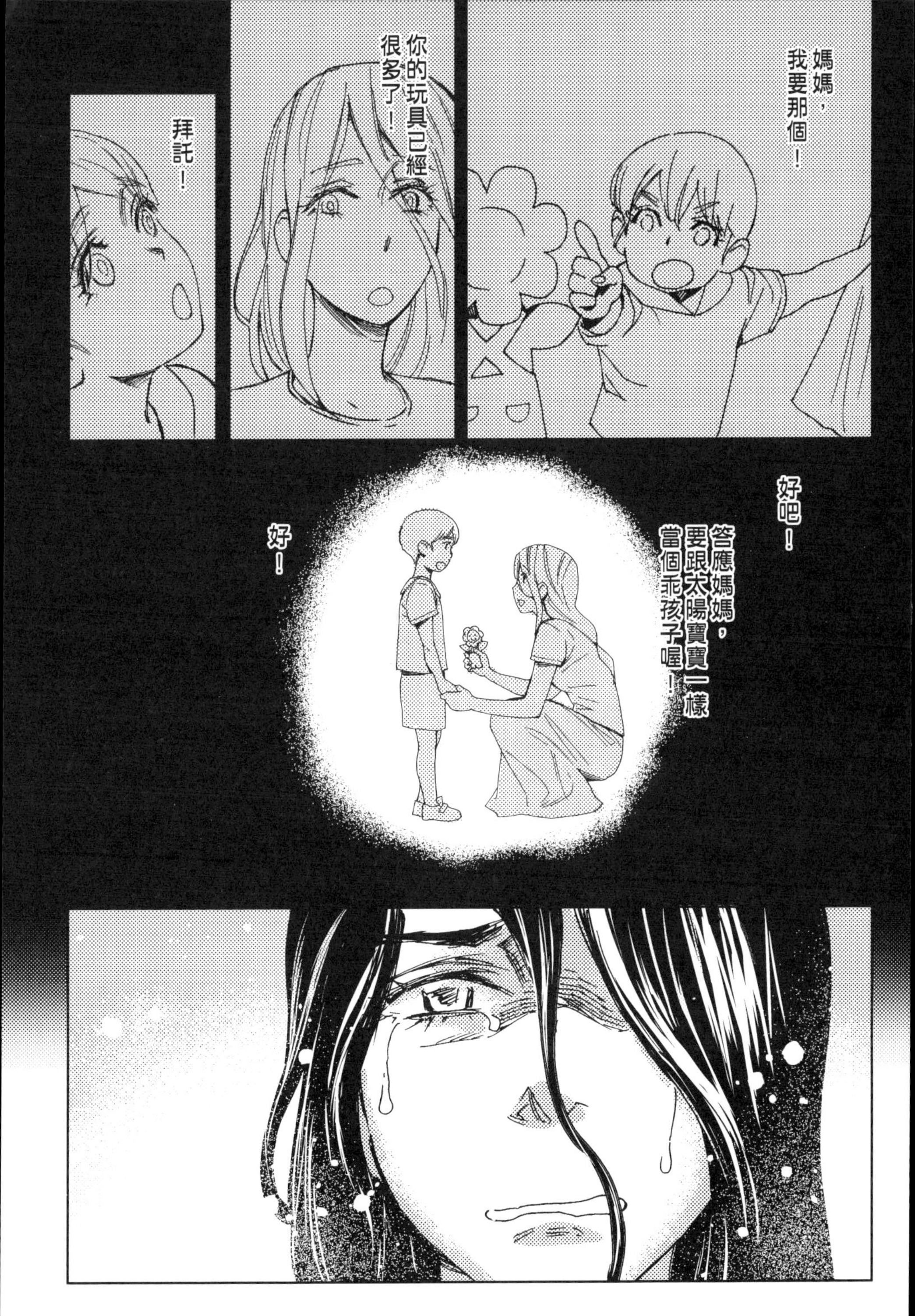
媽媽，我要那個！
你的玩具已經很多了！
拜託！
好吧！
答應媽媽，要跟太陽寶寶一樣當個乖孩子喔！
好！

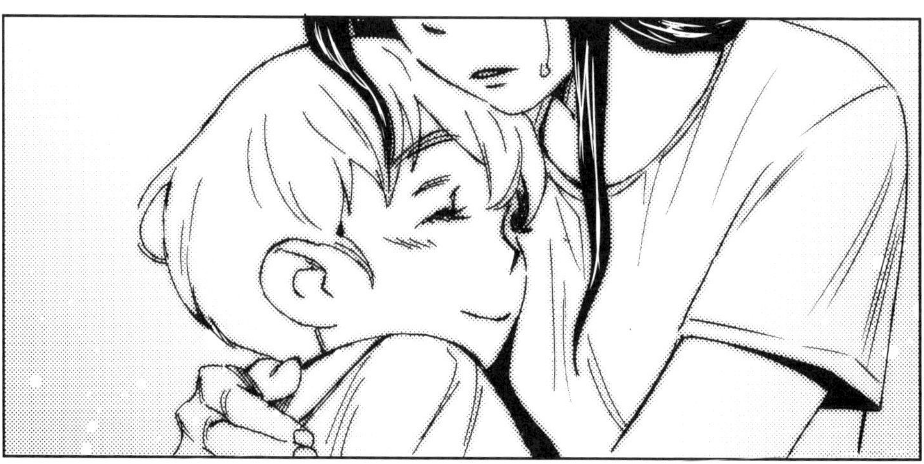

沙
沙
幾乎同一時間，警方在公園旁樹林尋獲一具兒童遺體。
而嫌犯在不遠處的公寓落網。
當時嫌犯正準備對另一名孩童下毒手。

家家真是個可愛的孩子。
沒想到媽媽這麼快就認出家家了。
這就是母子間的默契吧。
我媽媽說我拿碗的姿勢、說謊的表情、
每個舉手投足她都記得。
可以停止這個話題嗎？
咦？為什麼？
算了……
這邊開始我自己走。

小晶掰掰啦！學校見！
阿鳳，不准跟來！
拉吉也是！
秋冬！
嗷嗚！

我說錯什麼話了嗎？

8 無法寄出的情書

合啦
我回來了。

小晶回來啦。
弟弟
爸爸
媽媽
為什麼我覺得有股寒意？
哈哈！什麼都瞞不過小宇。
朋友寄放的鬼啦，不會害人的，不用擔心。
伯父伯母好！
這樣啊，小心不要摸到鬼喔。
我先回房間了。
姊姊是不是戀愛了？
上次約她去遊樂園的帥哥嗎？
小晶什麼時候有朋友了？

啊啊啊——
又惹秋冬同學不開心了！
都怪我一時忘了。
我曾經看過秋冬的夢境……
咦咦咦咦咦——
那孩子又在跟鬼說話了吧？

秋冬同學的媽媽……
我還在他面前說了那麼多讓他傷心的話。
別想太多啦，以秋冬的個性，
會記恨到底。
嗚嗚嗚，人家不要啦！

放這麼多年了，再留著也沒意思。
全部看過最後一遍後，就要說掰掰囉。
這封是國一的時候。
啊，差點忘了這張照片。
這個笨蛋！

一個人感覺真好，
早就該把他們甩掉了。
請問，
可以幫幫我嗎？
才不想再惹麻煩呢。
我要快點找到佳樺！

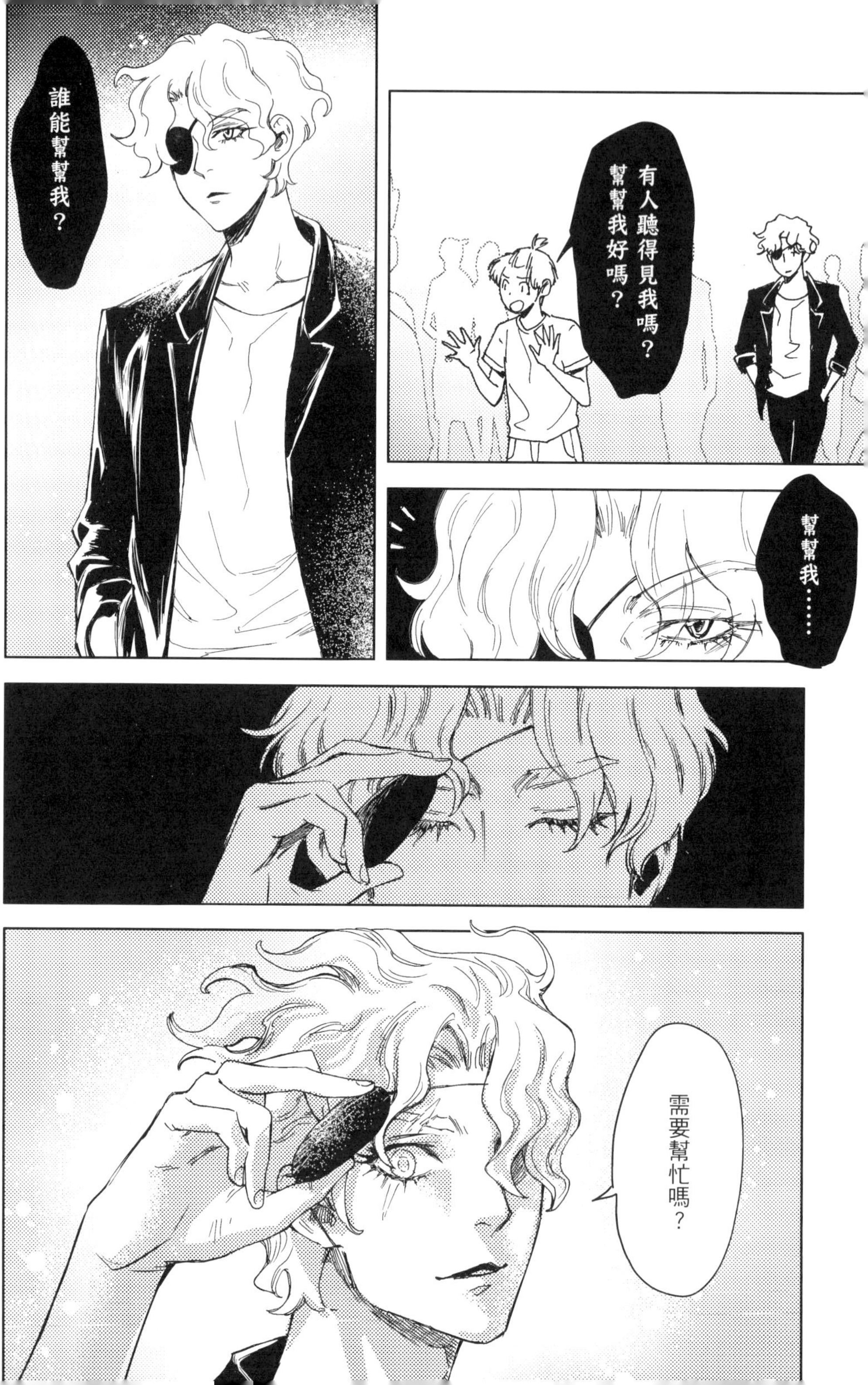
有人聽得見我嗎？幫幫我好嗎？
誰能幫幫我？
幫幫我……
需要幫忙嗎？

學校？
你是老師嗎？
實習老師。
你只有右眼看得見鬼嗎？
嗯。
看見身邊有鬼的人跟我說一聲。
身邊有鬼的人？前面那個女生……
前面的女生？

結果我根本不敢正眼看秋冬同學，
更別說和他說話了。
同學，就交給妳囉。
交給我什麼？

我啊！
鬼啊！
鬼啊！
妳看得見我吧，有事想拜託妳。
不要碰我！
又忘了自己也是鬼。
我必須回一封很重要的信。
回信？
約好囉，我會常常寫信給妳！
大騙子！

昨天路邊看到的鬼怎麼會在這裡？
明明是那種危險的體質還帶鬼回來。
遇到困難別指望我會幫忙。
秋冬又來了，希望小晶別放在心上。
……
秋冬同學主動跟我說話了。

喔——我看懂了，
女生愛男生！
嗚啊……
嗚啊……
小晶啊，妳這不是默認了嗎？

真羨慕你們，
可以在彼此身邊，
感受對方的喜怒，
呼吸同樣的空氣。
而我，
連當面告白的機會都沒有。

移民!?
我爸媽決定搬到美國，
開學前我就要離開了。
對不起。
幹嘛跟我說對不起啊。
我跟你約定，會常常寫信給妳，
等我有能力，會回來找妳！
嗯。

約好囉！
秋冬同學……
我不要載妳。
不是啦！
我不知道
秋冬同學的母親……
才說了那麼多
讓你傷心的話。
阿鳳，
你偷看我的
夢境是吧。

所以我們和好了嗎？
妳是白癡嗎？
連朋友都不是要怎麼和好？
對不起……

李晶晶！
痛……

笨蛋！
走路要看路啊！
喂喂，幹嘛哭啊!?
嘴巴這麼毒還問人家……
這種嘴一輩子都討不到老婆喔。
因為我的敏感體質，一直都交不到朋友。
直到遇見秋冬同學，
我以為終於有人能互相理解了。
我一定讓你很困擾，
對不起。

其實，
也沒那麼困擾啦。
眼睛都哭腫了。
眼鏡碎成這樣，我載妳回去吧。

謝謝你送我回來！
再見！
等一下！
你們三隻跟我走。

秋冬在哼歌！你沒事吧？
我比較想跟著剛剛的女生呢。
快停下來！拜託！
佳樺！

峰？
……
是余同學啊，你叫我嗎？
哈哈對啊，怎麼會在這裡遇到妳？
我每天都走這條路回家。
我要跟她回家，謝謝你的幫忙。
你已經死了，難道要跟著她一輩子嗎？

你房間都沒變耶，小時候來過一次。
不要突然脫衣服啦！
那些都是我寫的信！
啊，這是最後寄來的信。

我記得這封信的內容很討厭！
好久不見！還沒交男朋友嗎？我在這裡女人緣很好！
我知道我很帥，但是別等我了，快交個男朋友吧！
我這樣寫是有原因的。
這算什麼啊，
知道我在等，
還不快點回來！
佳樺……
我就在這裡，妳感覺不到嗎？

佳樺，你知道我在這嗎？
肩膀好瘦。
對不起——

你說總務股長？
嗯啊，打算賴著不走了吧。
幫幫我好嗎？

信？
to：佳樺
佳樺，好久不見。
還有對不起，沒對妳說實話——
我罹患了「漸凍症」，
為了治療我的病，父母決定到美國求醫。
我不想讓你看到這麼難看的我，所以一直沒告訴妳。
即使我已經無法寫信，妳仍然一直寫信給我。
佳樺又寫信來囉。
妳看到這封信的時候，我已經離開這個世界了。

雖然我們都沒說出口，
但我知道，
妳喜歡我，
就像——
我喜歡妳那樣深刻。
——明峰
再見了。

好燙！
秋冬同學！
鳳大叔！
快去醫院！

請交班費。
總務笑著催班費，好異常喔！
今天是最後一天，快交班費！
妳要不要去保健室休息？
我也覺得妳有點不一樣了！
怎麼說呢，好像變得幸福了。
幸福？
是嗎……

你要找鬼巴士？
找他做什麼？
鬼巴士不載鬼了，
他收了一些跟班後就不載鬼了。
跟班？

嗯，
一個女孩、
一個大叔、
還有一隻狗。
女孩、大叔與狗？

番外篇
秋冬的瀏海

鬼巴士要去哪裡？
剪頭髮。
喔喔，
明天入學典禮，第一印象要清爽點才好！
你們真的很囉唆。
歡迎光臨！
今天想怎麼剪呢？
要換換髮型嗎？

你露出額頭很好看喔！
每次都剪一樣的瀏海太可惜了。
話說回來，
鬼巴士為什麼要堅持一樣的髮型呢？
妹妹頭是鬼巴士的招牌啊！
媽……
媽媽，
頭髮一直弄到眼睛！

媽媽幫你剪頭髮
就不會弄到眼睛囉。
咔
咔
完成了！

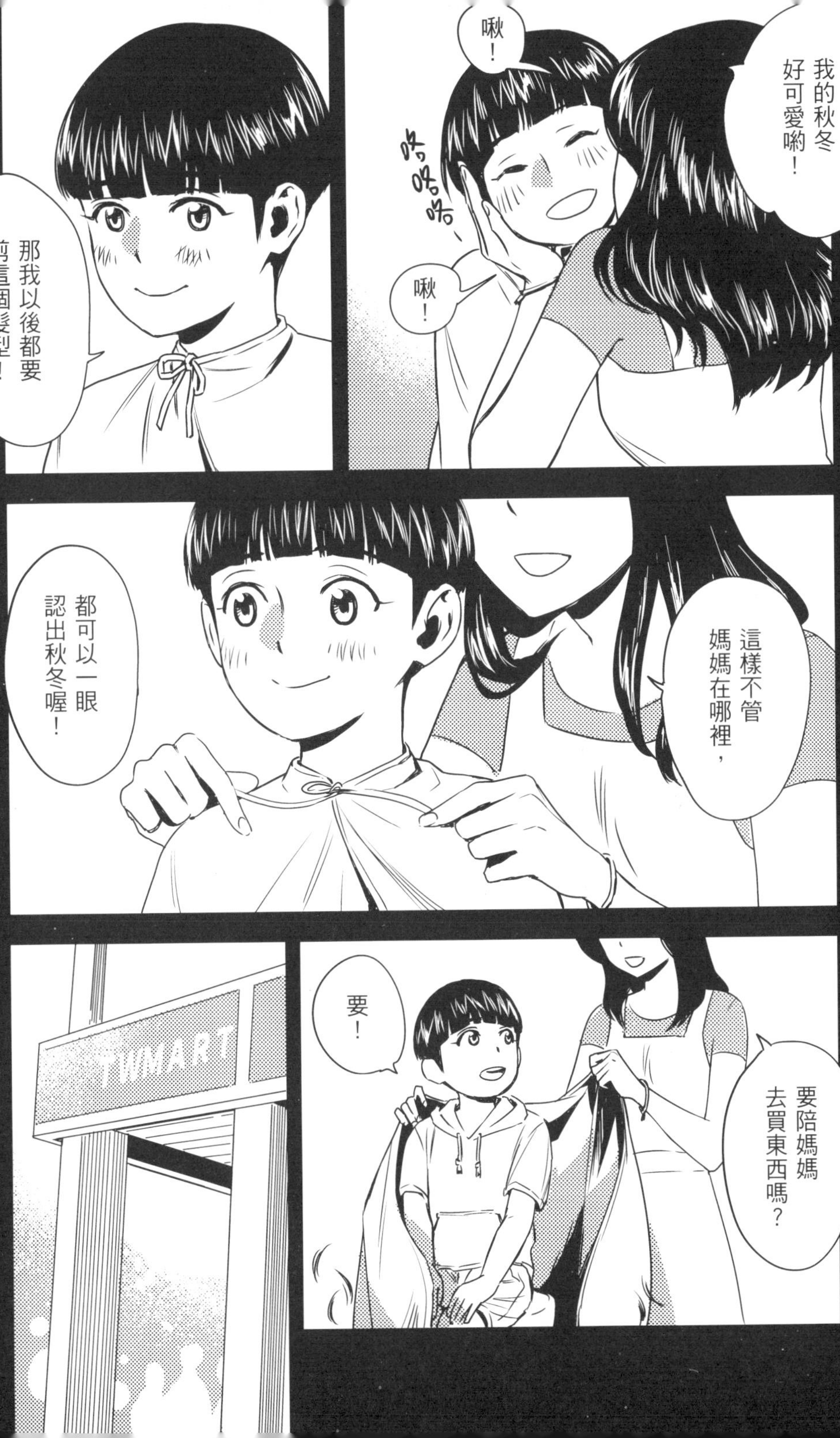
我的秋冬好可愛喲！
啾！
啾！
那我以後都要剪這個髮型！
這樣不管媽媽在哪裡，
都可以一眼認出秋冬喔！
要陪媽媽去買東西嗎？
要！
TWMART

喵～
喵～

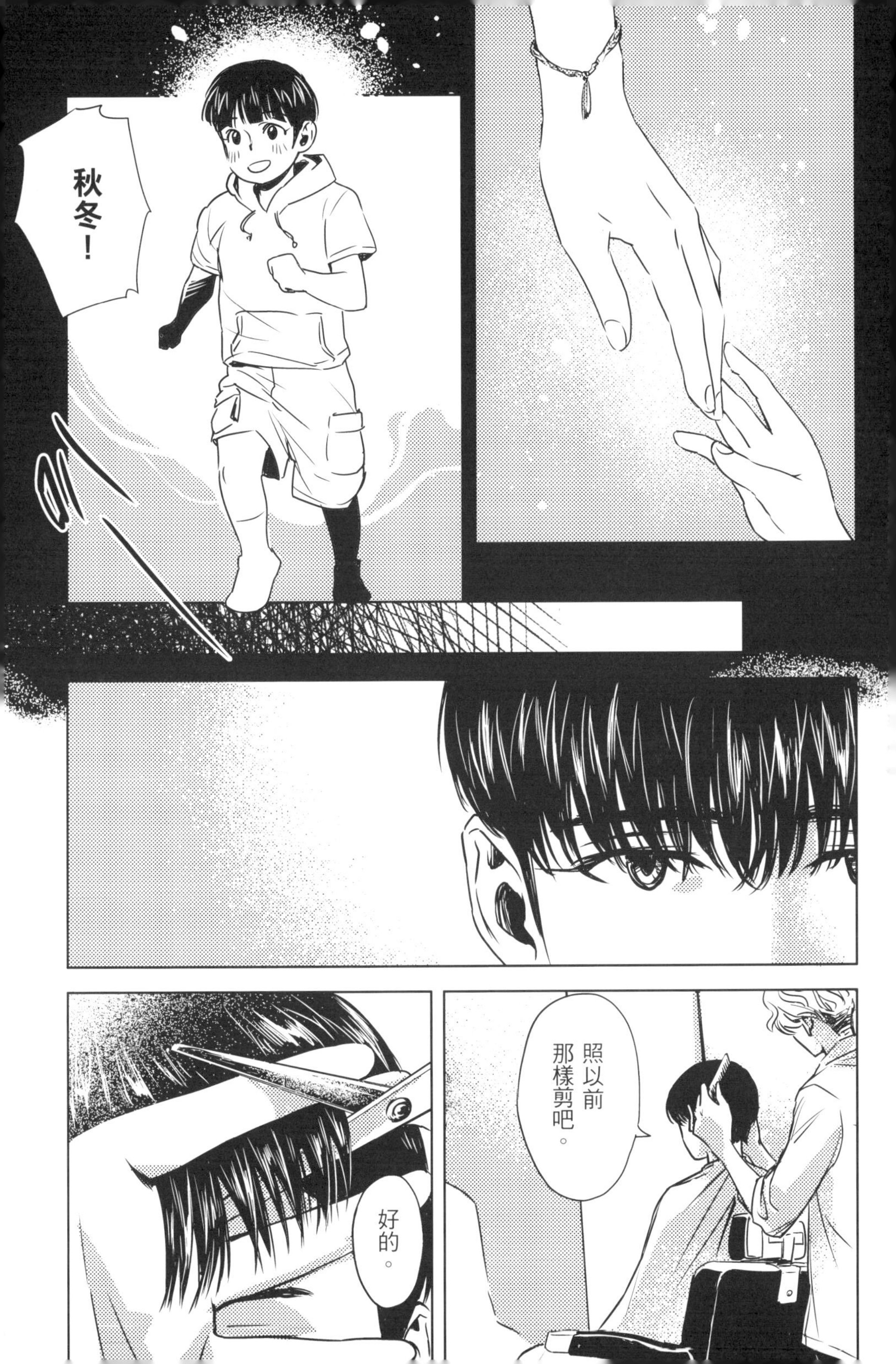
秋冬！
照以前那樣剪吧。
好的。

咔咔
咔—
番外篇：秋冬的瀏海（完）

－後記－

大家好，
我是韋蘺若明。
以實體出版來說，
這是我的第一部作品。
這部作品的開始，
來自朋友間的閒聊……
我妹看得見鬼。
哇靠！
於是我就請朋友妹妹
小白（匿名）喝下午茶。
小白說她有個筆記本，
上面記著他們（鬼）想去的地方，
等有空的時候再帶他們去。
除了筆記本之外，
其他都是可怕的故事，
這裡就不回憶了……
聽完小白的描述
就決定畫靈異題材了。
不過我是不看鬼片的人，
也沒膽畫恐怖驚悚故事，
溫馨靈異
應該不錯吧？
後來就以那本
記錄著「鬼要去哪裡」的筆記本
為故事主題了。
NOTE
鬼要去哪裡
中間有個插曲，
當我正聽得毛骨悚然的時候，
隔壁座椅突然解體，
客人「碰！」的跌坐在地
然後我發現小白眼神
很不一般的
看著那邊……
碰

至於男主角秋冬，只是一心想畫有可愛妹妹頭的男孩子。
然後不明原因設定了彆扭的個性，這種個性很不利於展開故事，每次因為秋冬的個性而腦袋卡住時，就覺得自找苦吃……
雖然被秋冬的個性折磨著，但直到最後，秋冬還是我最愛的角色。根本抖M。
這點就跟喜歡秋冬的晶晶很像吧，受盡折磨還是覺得對方好帥。
順道一提，最喜歡畫的角色是小晶，畫得最不順手的是大叔。
重來的話我會給他一頂比較好畫的髮型。
另外要特別提一下番外篇「秋冬的瀏海」。時間點是在開學前一天，也就是和晶晶相遇的前一天。
那是關於為什麼秋冬上高中了，還在剪妹妹頭的由來，有一股淡淡的憂傷。也是我從網路連載開始，就一直想畫的小故事，終於在單行本實現了！

雖然經過很多波折，
這部作品也還不成熟，
我仍然很感謝所有協助我
完成這部作品的每個人，

特別感謝
給我故事靈感的朋友妹妹小白。
某C邀請我連載的編輯接接。
和協助我完成連載的兩位編輯阿魯米、MOMO。
還有整個運作連載的C幕後團隊。
願意替我出版的黃總編。
單行本的J責編。
真的很幸運遇到這麼多幫助我的人。

最後謝謝購買這本書的人，
看到最後一頁的人，
由衷獻上我的感謝，
故事仍然持續中，
下次見囉！

Taiwan Style 60
鬼要去哪裡？：記憶的牽絆
WHERE ARE YOU GOING ?

作　　者／韋蘺若明

編輯製作／台灣館
總 編 輯／黃靜宜
主　　編／蔡昀臻
版型設計／丘銳致
內頁完稿／中原造像股份有限公司
企　　劃／叢昌瑜、李婉婷

發 行 人／王榮文
出版發行／遠流出版事業股份有限公司
地址：台北市 100 南昌路二段 81 號 6 樓
電話：（02）2392-6899
傳真：（02）2392-6658
郵政劃撥：0189456-1
著作權顧問／蕭雄淋律師
2019 年 8 月 1 日 初版一刷
定價 280 元

ISBN 978-957-32-8615-8
遠流博識網 http://www.ylib.com E-mail: ylib@ylib.com

鬼要去哪裡？
記憶的牽絆
韋蘺若明

目次